如初

As Before

何向阳四十年诗选

何向阳 著

江苏凤凰文艺出版社
JIANGSU PHOENIX LITERATURE AND
ART PUBLISHING

图书在版编目（CIP）数据

如初：何向阳四十年诗选 / 何向阳著. — 南京：
江苏凤凰文艺出版社，2023.9
ISBN 978 - 7 - 5594 - 7608 - 1

Ⅰ. ①如… Ⅱ. ①何… Ⅲ. ①诗集－中国－当代
Ⅳ. ①I227

中国国家版本馆 CIP 数据核字 (2023) 第 034662 号

如初：何向阳四十年诗选

何向阳　著

出 版 人　张在健

策划编辑　于奎潮

责任编辑　孙楚楚

封面摄影　何向阳

装帧设计　T. M. T

责任印制　刘　巍

出版发行　江苏凤凰文艺出版社

　　　　　南京市中央路 165 号，邮编：210009

网　　址　http://www.jswenyi.com

印　　刷　苏州市越洋印刷有限公司

开　　本　880 毫米×1230 毫米　1/32

印　　张　12.375

字　　数　260 千字

版　　次　2023 年 9 月第 1 版

印　　次　2023 年 9 月第 1 次印刷

书　　号　ISBN 978 - 7 - 5594 - 7608 - 1

定　　价　66.00 元

目　录

如初

如初

提灯而行 (2000—2009)

是身如焰 (2010—2022)

如初

似你所见（1980—1989）

山楂树

不知为什么
我的心到哪里
都脱不掉山楂的芬芳
那是我在你的注视中
浸泡太久了吧

不知为什么
我穿过无数街巷
都能看到簇簇新绽的山楂花
那是你在我纯洁的歌声里
长出的新芽吧

我送你一缕春风
你以满树新芽书写回赠
我掬着一捧水
你报以湿润的芳馨

你的门永远敞开着
对我这个不肯歇足的人
但自从走进你的庭院
就再收不回我的心

不知为什么

如初

外面喧嚣着灿烂的花
迷人的笑靥　暗示的眼神
我却总不愿将脚步移近
那是被你深情的目光
系住了吧

不知为什么
匆匆走过许多地方
到处都是色彩缤纷
我却没想掉头重看
那是前面你散溢着的清芬
召唤的吧

1985.4

你
说

你说你爱百花盛开的春季
而我却浸透了秋的忧郁
步履蹒跚地走向冬季
你说你是天空闪亮的星座
而我却属于无光的岛屿
独自承受海浪的拍击

你说你是太平洋上的飓风
并不期望谁去收割
我却是北方风干的沙漠
千百年对甘霖的等待毫无结果

你总爱谈起海、船
甚至熟稔拔锚时的吆喝
而我在浪中伫立了多少世纪
也深知自己礁石的颜色

你选明朗的句子念给我
说生活本身是一首歌
我悄悄地咀嚼你的诗
像橄榄
一半甜
一半苦涩

1985.4.9

如初

今晚的月色

不知怎么
总忆起那个季节
你的心中
是否也留有开满金盏花的原野

从未有什么许诺
只记你闪躲地转身
我沉默地低头
微笑里含着苦艾的颜色

不知怎么
总听到山风的呼唤
你的耳边
是否还响着一只被遗忘的民歌

我惯于寂寞地走路
你也惯于独自唱歌
那么就这么对视一眼
然后肩并肩走过
只是，你那一瞥的深沉
真像今晚的月色

1985.5.29

甘愿等待

我甘愿等待
即使等到你身躯佝偻，两鬓斑白
等到你历尽沧桑，容颜已改
我还是从前的我　我甘愿等待

我会穿上黑色的衣裙
但依然保留头上蓝色的发带
尝遍等待中的悲哀与痛苦
皱纹也会爬上我的脸
衬托那时岁月的苍白
心还是从前的心　我甘愿等待

也许有一天你会再闯入我的生活
像第一次相遇那样转过头来
惊奇地望着我："你为什么不见衰老
而我已龙钟老态"
我会含着泪回答："因为有你
……因为我善于等待"

1985.7

如初

难道

难道就这样把我们隔开了
难道你的呼吸再变不成我的风
甚至你我都未觉察
岁月就匆匆地流向远方

难道就这样简单地分手
难道你的微笑再变不成我的阳光
甚至还未开口说话
历史就让我俩的嗓子喑哑

难道就这样结束
难道只剩下秋叶一般的残梦
甚至未及对你倾诉
就被自己的泪水惊醒

难道只剩下回忆
难道　难道要我后半世踽踽独行
甚至你都不肯相信
我能担起两个人的负重

1985.9.9

问

不要忘记沉默是一首歌

不要说冬天意味冷漠

不要总记着如冰的残月

我问你

夏夜希望的繁星　可曾读过

不要用棉大衣裹住脖子

不要在雪地里摇头跺脚

北方的冻土层长年累月地诉说生活

我问你

西行列车上青春的歌声　可曾听过

不要刚翻开生活的书

就宣布你已知晓结果

不要才看到天空的乌云

就说太阳已失去了颜色

我问你

刻在焦土上的诗行可曾打湿你的眼窝

不要居高临下地傲视一切

不要嘲讽感激的笑　泪水的咸涩

冬天的土地积蓄着热能

我问你

如初

野地里烧荒的烈火可曾燃亮你的双眼
拓荒团的旗帜可曾浸润过你血的赤色

1985. 10

读　　　我打不开你的心
　　　　　那厚厚的一本
　　　　我甚至想
　　　　　那是重重的铁门

　　　　我读不懂门上刻的字句
　　　　涩涩地折磨我的心
　　　　我绝望地重复
　　　　但绝不求谁开恩

　　　　我站在门外
　　　　孑然一人
　　　　你坐在室内
　　　　是期待我，还是期待别人

　　　　1985.10.17

如初

心底的声音

你用温暖的手
抚慰我曾结痕的心
即使整个世界都被封冻
冬天也不会在我心上降临

久谙人世的寒凉
才知甜蜜中也裹着酸辛
你用手指那么轻巧地一拨
就拂去了盖满我头顶的浓云

就用这双手你撑一盏灯
穿过横在你我中间的蒺藜丛林
把一个红彤彤的太阳托给我
说要换我那颗伤痕累累
而不失真诚的心

我把手伸给你
悄悄体味你传递的
阳光一样的思绪
桂花一样的温馨
即使我对你道万声祝福
也不足以说出我心底的一种声音

1985.12.6

薄雪花

薄雪花飘着
我想象你走在我右边
无言地
把天上那轮朦胧的月
　指给我看

我想象着我什么也不说
只是垂下眼帘
无言地
听你的脚在雪上弹出的
　音符一串

薄雪花飘着
月朦胧
我想说我还没见过
　下雪时还有月
可是我依然沉默
伴着你的心跳、你的轻喘

我想象你突然站定
风那么寒
我冷，但我不说
因为我不想走出这个梦

如初

也不想失去这个
　　冬天的夜晚

薄雪花飘着
我想象你走在我右边

1985. 12. 20

As Before

记得那一年

记得那一年你送我许多花瓣

托在你手上　红得像凝固的血

我立在一旁看

你好像在认真翻读着我的心

怕伤着什么似的，把它们夹进我的书页

记得那以后你总用那双黑眼睛默默地

看我

好像总有提醒的话，却什么也没说

许多年过去我重又翻开这本书

捧起你满含期待的花瓣

它们并不芳洁　却依然绯红

如血

1986.1

如初

合唱

请加入我的歌唱

用你轻松的口哨声响

用我的诗和心跳

用你的理解和微笑

加入我的合唱

什么、什么也不要讲

只需轻轻地唱

只需倾听你我灵魂的声音

只需相对而坐

在静寂里将手中的琴弦

　　拨一声脆响

请加入我的歌唱

我一直都在寻找一种相像的声音

寻找一个拥有这声音的歌手

寻找中我一直寂寞地唱

不知那声音正在悄悄靠近

　　走到我身旁

什么、什么也不要讲

只需轻轻地唱

只需倾听你我灵魂的声音

只需相对而坐

在沉默时悄悄地流下

　热泪两行

1986.1.8

如初

记
住

也许有一天
你忘了夹在诗集中的花瓣
对淡蓝的勿忘我轻轻吹声口哨
漫不经心地转过脸

也许有一天
你忘了散发着温馨的诗句
对褪色的诗行打个哈欠
索然寡味地耸耸双肩

也许有一天
你忘了那场春雨
那泪水的缠绵
你忘了那次冬雪
那无望的期盼

也许有一天
你忘了相遇的微笑
你忘了遥遥的凝视
你忘了滑过林带的歌声
一任心情荒芜　搁置不弹

也许有一天

你忘了一切

忘了过去

但请记住

记住风中飘摇的

秋千

秋千下

潮湿的苔藓

犹如你的誓言

1986.6.5

如初

山口

友人都离去了
小屋将要废弃
只有我还守着小屋
像守着一座
坟墓

可是谁折了这许多
花枝
放在我破旧的窗口
是谁把歌声蜿蜒
编织成门前悠长的
山路
让我好在坟墓里找到出口
让我好在困乏时还能辨认归途

1986.7.21

一代

别收集眼泪

别收集初春苦艾叶尖上的露珠

别再拉开历史悲哀的一幕

别花费心血，为那喑哑的锣鼓

登上血样流畅的山峦

不是为追寻旧城头的瓦屑

无论古时石头怎样坚固

也阻挡不住未来的云天空飘拂

江河脉搏起伏

锤炼着千百年的川江号子

波浪击岸的召唤

不只为流逝岁月的苦诉

别学会皱眉

别点燃你们烟头的愁苦

火炬般撕扯的枫林

燃着的是心

不是织着虚设的帐幕

千古烽烟的缭绕

还未洗去你们个人的哀怨

新世纪急促的钟鼓

还未敲醒本应颤栗的心的麻木

如初

我不敢说只有我会歌唱
鹰一样把宣言写上天空的旗帜
我只知道忧郁不是生活
叹息犹如对命运的屈服

1986.8

无题

崖上的枫树

如火炬

风中飘舞

四散的星屑

点燃目光

我说像沉重的期待

你说是瑰丽的

　　向往

波浪击岸

如旗帜

飒飒飞扬

晶莹的水珠

洒溅额头

我说像坦诚的低诉

你说是率真的

　　歌唱

北风抽打

山上木屋

嘎嘎声撕裂

你眺望的目光

"拿我的胸膛做风的鼓吧"

如初

我远远站在你背后
幻想我是空谷那悠远的
　　回响

你转过身
为等我的回答
久久凝望
我与你对视
心颤抖着
辨不清满天闪烁的
是眼睛
还是星光

1986.8.13

二
月

遗失的声音
都夹在迎面吹的风里
早春
步履姗姗
却敲碎一切
　严冬的记忆

推开挂满冰凌的窗
看街旁的门
半开半合
闪着一种
渴望的葱绿
唯有你的门窗
仍挂满冰凌
　紧闭

我唱不出来
对着陌生的眼睛
二月
牵着我
像牵着一个
　对春天的默许

如初

从何时我这么害怕

丢掉清纯的歌喉

而羞于唱出声来

怕听见自己的喑哑

怕为喑哑

永远失去歌唱的权利

树在抽枝

我听见它们优美的声响

你屋檐下冰化的清冷

还在说着过去

1986.8.14

夏季的标题

冰淇淋
化了
我不知是怎样
　坐在冷饮店
对着夏季
写不出夏季的标题

你坐在对面
皱着眉
用汤匙搅着
苦苦的笑意
一声不响
夏季
从我们中间
　走过
悄无声息

1986.8.16

如初

海上

所有的声音

都退后

浪花静默地

卷起又落下

让我想起杜鹃啼血的哭诉

叠叠层层

所有的窗口

都紧闭

一个故事

拉着长长的背影

独自远行

谁的泪水

打湿了海上摇晃的桅灯

礁岩立在身后

被浪击得

千疮百孔

只是含笑

注视着天空

我没有走

世上没有任何答案

这样现成
海水
粘住了步履
即使为
潮涨潮落
抖抖额上的晶莹

1986.8.19

如初

葡
萄
花

"葡萄也开花吗？"
在早晨
你轻敲我的窗子追问
我在你看不到的
地方
站着
回答不出

外面下雨了
我去开门
听见你门檐下的
自语
"别哭
别压弯了葡萄树"

昨夜的星星
散落着
再没有结成满窗冰凌
我打开门
你站过的地方
一地簌白的葡萄花
就算作我迟到的
回答吧

可是
已辨不清你来去的路
假若有一天黄昏
一个顽皮的孩子
摇落
我结满期待的葡萄
尝尝
一定会说
真苦
真苦

岁月在我头顶撒满葡萄花
手指也长出新芽了
你不认识路了
一棵布满泪痕的葡萄树
始终梦着
"葡萄也开花吗?"
在早晨
你的声音轻敲我的窗户

1986.8.21

如初

无
题

别问
我为什么
久久不敢回身
凝望
你的眼睛
山那边溪水淙淙
跌过九重山崖
还不失
清纯的歌声

别在这沉默的时刻
敲响
你的钟鼓
请等一等
也听听我琴瑟与心弦的
和鸣

等到那一天
路上的花
都凋零了
窗被风击得
嘎吱作响
请推开门

带着你的钟鼓

和燃烧着的

蜡烛

你的脸被烛光映得圣洁

手中的火焰却激烈地颤动

我们

就这么

含泪对坐

我为你的如期而至

你为我的坚贞、久等

1986.8.28

如初

秘
密

我把花瓣撒在
　你的门口
躲在阴影里
为听你清晨开门
一声爱怜的叹息
为看你前倾地弯下身躯
捡拾我昨夜写下的
　枯萎而曾经鲜亮的
　诗句

为看你的目光是怎样
遍吻我泪水的痕迹
正是为了一个心愿
一个积蕴多年的秘密
我才这么等着
从黑夜到黎明
颤抖地伫立在
　阴影里
在你夜般柔发的
浓荫里

1986.9.14

夜行

你熄灭灯光掩上门扉
可听到我的拐杖叩响街道的声音？
路很黑　只有盲人悠长的歌吟
如远处一根未尽的蜡烛
微照着我的道路
燃烧我的心

风率真地狂呼
轻叩着你窗户的一阵
也击打我微白的双鬓
岔道纵横
我们在哪里错过
在你爱着别人的时候
我始终爱着你
和你爱的人

如今我蹒跚走过你的门口
脚蹈霜剑
却不敢有一声呻吟

你熄灭灯光掩上门扉
可听到满巷落叶亲吻土地的声音？

1986.10

一
冬

冬天的
雪
吟着什么
我知道这一切
飘落的
不都是雪
你抖围巾时
还飘落了一个
看不见的
季节

门槛上雪化了
树上谁的泪
结成串冰
挂着
不语
好像是为了飘落
才冻结

冬天的
风
说着什么
谁告诉我这一切

刺骨的

不都是寒风

而寒风

也不会让我

双臂紧抱

还觉冰冷

1986.12.19

如初

童年的梦想

我的童年的那些梦想
正如这盛开的桐花一样

春天来临的时光
桐花尽情地开放
在蔚蓝天空中织出
层层藕荷色的遐想

将临的夏的温暖
提供你萌动嫩果的阳光
秋日里无尽的彷徨
正好将你的果包催涨

在冬季凛冽的风中
你学会怎样与劣境对抗
憔悴的只是记忆的碎片
不凋谢的是瑰丽的向往

来吧，到桐树下闻一闻
继续构思那篇传世的文章
任乌鸦从树梢撒声声哀鸣
我们永远富有花与果的甜香

我的童年的那些梦想
正如这盛开的桐花一样

1986

如初

我的苹果园，我的记忆

虽然，浅红色的花已经凋谢
花落处却绽出果实的嫩绿
虽然，令人心醉的芬芳已经远去
我心中却荡漾着旧日的回忆

我的苹果园，我的记忆

无数个春之晨和秋的夜
我依着坚实的树干
仰头深深地呼吸
听着风带来你低沉的耳语

我的苹果园，我的记忆

我把歌声串起来系在你的枝头
我把清香裹起来深藏在我心底
我们把笑声汇总在蔚蓝的天空
我们把沉思凝聚在脚下的土地

呵，我的苹果园，我的记忆

1986

山那边

朝山那边

我打一个响亮的嘌哨

春天的云

载着我响亮的希望

去唤醒那片沉睡的麦田

朝山那边

我打一个轻巧的嘌哨

绿色的风

带去我绿色的祝愿

也顺便捎一个初春的问好

让我的歌声

在山那边

你家庭院的枣树上缠绕

好让你秋天举着竹竿

收获那熟透了的诗篇的红枣

1986

如初

致林海

你浪涛样的汹涌
我礁石般的宁静
你有你的坦荡心胸
我有我的铁骨铮铮
也许我们都显示了自己的个性
才结成这样生死的联盟

日落　黎明
让我不断地扯动
你风一样的目光
风中　雨中
我始终徜徉在
你的绿意葱茏
我将我铁色的血液
输入你的色彩
使你的色彩也有了铁样的音韵
你将你澎湃的呼吸
与我的呼吸汇总
使我的呼吸也变得酣畅，均匀

你浪涛样的澎湃
我礁石般的沉默
然而我们心中都藏有火

生，给人以生的憧憬
死，让人知死的坚贞

1986

如初

蓝色变奏（一）

1

犹如我
　蹁跹独行的身影
天空没有因谁
　改变颜色
仅有凝注
礁石般凸立
任身后海啸
依旧
　　沉默

珍藏紫罗兰的
　芳馨
等待
你的头顶却已戴满
　丁香的花朵

喑哑的歌喉
早唱不出以往的嘹亮
却还在企望　回头
能见太阳的喷薄

2

还有谁

　　能像我　避开喧嚣

把灼烫的记忆

　　交给栏杆

俯身　沉静地

凝望

远处

星光如火

你若再走进我的绿荫

用脚步磨平

　　道路的坎坷

弹那根弦

我不知该不该

用歌声应和

层叠风雨

想把蜡烛

　　熄灭

除非　心不再燃

目光不再闪烁

如初

3

就这么
茕茕地走
又不忍
踩碎月色
身后寂寞的林
还在企盼中
　辨认
　　　没有回声的歌

把诗洒在你门前
星星摇动苦艾的
　　　纤叶
浸湿了黑夜游动的
　　　萤火

就这么
　不声不响
想拼起剪碎的希望
想象你打开门一声惊叹
　"今年雨水真多!"

4

五月

叩响微闭的门

夹杂冬末的瑟缩

不再回避

不再闪躲

只是静观

身旁冷箭穿梭

你用一线歌谣牵引我

虽然路上长满野草

我悄然追随

庆幸在趔趄过的地方

不再动摇踟蹰

什么时候

汗流成河

抬眼能见一树石榴的红硕

5

雨季滑过

　南方天空

如初

季风散溢
　　海腥的浓重
紧闭双唇
面对乌云翻卷
怕再驮不动
　　昔日的寒冷

你给我篙桨
举剑砍断系船的缆绳
失去避风港了
　　又是逆风

或许因为失去
今天的我
才敢面对急流
坦然迎接
霜雪夹杂、雷暴、冰凌

6

伫立山岗
远眺
河流蜿蜒
犹如我难言的心事

As Before

原野却伸展着

一个童话　一个梦想

什么时候

想象你

　　转身离去的一瞬

轻佻　洒脱

全然不知

　　我泪流满面

沿着树排

静默地回味

你的声音

　　响亮又遥远

波斯菊的火炬是你的目光

我说不出的感激

可如山谷幽兰的馨香

山峦无言

暮色苍茫

1986

如初

旅人

那么　让我记住
在潇潇雨中
默数自己寂寥的脚步

你的足音
遥遥穿过
层层尘埃与喧嚣
响得清脆而且
亲近

我走着
按着自己的节拍
道路拉长以至无限
身后风响着催促
这是幻影
我承认又否认
走着
不敢回身
不敢驻足

你的足音
如风中微燃的烛火
漂泊在黑夜深处

1987.2.9

风信子

风信子
颤栗在风里
我如流浪的时间
滑行在你惊恐的瞳孔
那顶风的姿态
给我印象如此深刻
而你快乐的笑声里
为什么
总响着一种哭泣

有人歌唱
并始终沿着
你行走的足迹
在你疲倦松懈时
静下来
听听
那是怎样的言语

裂岸的惊涛
击毁了最后的渡船
岁月哗哗流淌
别回头
别轻易允诺

如初

睁开眼睛

浸泪的睫毛不要惊奇

道路柔软似水

我的目光是你的桥板

带走送行的歌声吧

但要把岸上的身影

忘记

1987.2.23

As Before

守
望

我们各自
隐瞒着同样的创伤
虽然都静静笑对
凄艳的夕阳
风昭示着什么
悄然走过
田野上不曾留下侧影

一种苦痛
像鸽哨的喧鸣
划过
长满荆棘的道路
就这么
把世界分成两行
时有透明的风
时有干草浓郁的醇香

怀有执拗的期待
守望者
自问
我守望着什么呢

在这世界的边上

1987.4.10

如初

退潮的时候

退潮的时候

别吱声

悄悄地走

摇一路叮叮的海贝

收藏腥咸的风

任暮涨潮汐

淹没远行的步履

泪水

溢出湿润的眼睛

漫起的云雾

笼罩水晶的心湖

浊浪翻卷

侵蚀镂刻于沙上的姓名

唯有思念

织成海水的颜色

远航的船桅

撑一方翡翠的天空

你歌声断续

如信语

伴远处渔火

时暗时明

沙滩的梦痕

叠叠层层
仿佛无言的倾诉
海空沉默的轰鸣

1987.7.10

如初

唱三支歌

唱三支歌

听完

然后

你再接下去

说你未说完的故事

街上流行的样式

团团火焰

只是听不见鸣笛

唱三支歌

听完

再背过身去

路横亘在

离结尾不远的地方

尽可以走

但听我

唱完

夏的天空

春的野火

关于

你站在望不见的山上

枫叶正在飘落

可以并行

或者率然分手

但无意中

跨过冬的桥头

还是这三支歌

在河流里

响彻

1987.8.15

如初

走在沙堆起的坡岸

没有人如你
　轻唤我的名字
为留住前行的步伐
以风的利齿
　咬噬我的脚踝

我不肯跌倒
把我踉跄的背影
留给海吧
在你的教科书里
我永将是带伤飞翔的
　　鹰

故事太多了
不知该从哪儿听起
重复太多了
而总在相似音符处休止

走上沙堆起的坡岸
蓦地回首
海礁举起了珊瑚的手臂
我知道那是我的形象
　我向往的姿势

面对变幻

傲然耸立

如碑

不纪念时间

不追忆过去

只为昭示世上

还有

一种坚贞

一种等待

一种大海也淹没不了的爱

一份天空也覆盖不了的真挚

1987.8.30

如初

林
野
外
眺
望

站在林野外
时间的落叶滑过肩头
风说些什么
我听不清楚
眼里含着泪
耳边只响彻你的倾诉

如果说秋天的流云
　代表闲适的心情
那么黄昏的阴影
　驱赶夕阳
分明证实着一种痛楚
犹如
我内心重复千年的话
　难以说出

茫茫远山映衬秋林
原野漫延
道路漂浮
我的歌在你凝注下暗然
我爱默默地走
并不断侧身
与秋林保持一个对话的

角度

走在林野外
用一种或缓或急的脚步
那些心底的语言
如地下河汩汩地流动
假如你还不懂
去问森林　河谷
去问你的心灵
问我身后的道路

1987. 11. 8

如初

海　　　　我步履悄移
　　　　　靠近你带桅的船舶
　　　　　你黑黑的头发
　　　　　撑开旗帜
　　　　　昭示风的走向
　　　　　那首古老的船歌
　　　　　是风中燃烧的
　　　　　火

　　　　　总觉得有什么要倾吐
　　　　　这样的时刻
　　　　　什么理由
　　　　　让我默默缄口
　　　　　从心到心
　　　　　以一个世纪的注视
　　　　　和你灵魂的漂泊

　　　　　没过头顶的不是水
　　　　　打湿黑夜的
　　　　　是缀满星辰的浪波

　　　　　我不能说出
　　　　　只把它抽成丝、风絮

而关于海的传言
又使这支歌
杜鹃啼血般哑默

会有复生的枝条么
在掌心或许
还有一句启蒙
顽强地
活着

为什么你
戛然而止
在风里抽搐着肩膀
我的船长
身后大海正叠起来
倒竖起排排巨浪

我悄移步履
双足蹈着冰凌
没有人可以诉说呵
最后的最后
我所能给你的
只能是这样一幅背影

如初

和几帧
心形的
贝壳

千年过后
又是千年
会有复生的枝条么
把那条斑驳的沉船
指示给我

1987. 12. 19

As Before

1

向往晴空

蓝色璎珞的曲调

总有阴云

　纷杂笼罩

唇含青草

为压下未说出的

　感慨

淡然轻蔑

枝头枭鸟

　雀跃喧嚣

你说六弦断了一根

我无言的目光

能否裁取少许

续你残缺的琴音

登临意

无人知晓

唯有暮色

如心中

起落的愁潮

2

悄悄转过脸
装作心不在焉
想象你
　　转身离去的一瞬
轻佻　洒脱
全然不知
　　我泪流满面
沿着树排
静默地回味
你的声音
　　响亮又遥远

岁月遥迢
羁旅漫漫
我的双脚却再弹不出
　　欢快的和弦

月牙如镰
往事如烟

3

星寒风冷
见桦林抖动

闻鸡起舞
哪管隔水浩渺
唱着蛊惑的
夜半歌声

起程时
还不见月
桂树下
见你借酒浇愁

台上端放着独樽
地下游移着愁影

4

银杏树覆盖着
夏日浓荫似的童话
我却在试图

如初

寻找昨夜
低泣的流萤

星寒风冷
祈祷阳光
也期盼黑夜星星样
　　明媚的
回声

你可以走近
并且歌唱
但别展开那方绿头巾
打开那扇挂满常青藤的小窗
珍藏你明眸样的星座吧
我知道
　　那是不属于我的
　　　　天空

5

草莓
熟落
一地深红
雀鸟叫卖

As Before

满嘴血腥
不愿屈膝
不愿俯首于炫目的
　　霓虹
草莓熟落的深红

你返身而去
　　步履匆匆
我不知前面是泥沼
　　还是荆丛

屈子临江
汤汤歌咏
晨曦再起
欲舞无剑
何须醉里挑灯
拔剑四顾
路途渺茫无终

6

栀子花
　　瀑布似的冲刷
早已遗忘了

清纯的
　心

临崖抚石
问撼树长风
跌落的
是栀子花
还是额间淡淡的
　愁痕

一如既往
嗓子还发着清音
驱马乘风疾驰
无暇回首
　吟谷啸林

1987

倾听

你在走廊那边吹口哨

每支曲子都终结于一个音符

我坐在房屋的角落

寂然无声地倾听

听每支曲子都终结于一个姓名

泪水以最简单的形式

滑落到指尖

汇成河流

江海

在看不见的山涧奔涌

每一次跌宕、激荡

都重复着一个姓名

你在走廊那边吹口哨

我坐在房屋的角落

含着眼泪

无言倾听

1988.1.19

如初

有
一
种
感
觉
就
是
你

有一种感觉

我不敢说

走遍千山万水

耳边还是回响

　你的歌曲

西部高原果真不长树吗

有一片土地

芳草萋萋

有一种感觉

　就是你

有一种感觉

我不敢说

雨天叩响小巷

举伞从你窗下悄然走过

有一个季节

淅淅沥沥

有一种感觉

就是你

有一种感觉

在雪天

窗外的路被大雪封闭

眉睫结满冰

漫天纷扬着冰冷的愁绪
通往你长长的旅途呵
依然有两行深深的足迹

有一种感觉
在冬季
寒冷紧贴着炉壁
木炭已燃尽
朔风还在哭泣
面对呜呜咽咽的世界呵
你手指打出的
依然是温暖的话语

有一种感觉
被珍藏着
有一种感觉
不说给别人
有一种感觉
它永远
有一种感觉
就是你

1988.4

如初

或者

或者走　或者回身
或者擦肩而过
或者相对而坐
你的蜡烛流尽了
而我的泪还未流出

或者微笑　或者沉默
或者轻轻合唱
或者什么也不说
你的烟蒂熄灭了
而我的明眸还在闪烁

或者世上本无什么偶然
或者奇迹也不只是你我
或者你是错误的感觉
而我的心再不会这么颤动着

或者没有开头也没有结果
或者我们都被什么安排着
或者路还会被别人走宽
星光也会被别人点着

1988.4.3

看你

看你，以明眸
看你沉稳、缓缓行进的步履
看你俯首静坐眉头微微蹙起

看你悄悄地用手套拭去涌出的泪水
看你低头走路脚尖把落叶轻轻弹起

看你，以灵魂
看你转身回眸中凝视的询问
看你无言缄默里隐藏的话语

看你烟头明灭里又燃的愁苦
看你嗯哨滑翔带来的消息

看你以全部真诚
看你以整个生命
今生看你伸出手拉住我的手
来世看你再将我的手放在你的手里

1988.4.14

如初

预言

我常走的路上
每棵树下都落满了花
每片花瓣下都藏有芳馨
风铃摇过后的沉寂
甜蜜又苦涩
像酒
像你我对视的
　　沉默

鸽哨声拉我的衣袖
泪水就这么轻噙着
你缓缓而又疲惫的身影
黄昏夕阳里
唱成
我唯一的歌

我知道今生再走不出
这硕大的背影
这天空蔚蓝的颜色
你随意吹出的哨响
如雨点纷落
那些打湿我眼睫的水滴
代表什么

一个人
我只是自问
只是笑
只是疑惑

有时笑也是一种哭泣
正像你的冷峻
有时可理解为脆弱
我想要倾吐
我说不出的那些感受
而你却颔首低眉
兀自点数落叶的寂寞

是呵
每棵树下都落满了花
每片花瓣下都藏有芳馨
它们只出现在
我常走的路上
仿佛暗示了某种机缘
仿佛证明着某种结果

1988.4.26

如初

四月

蔷薇花遍野地开了

乌云依旧低垂

让我独自行走

想象你折身跑过来

为我撑开

　　挡寒的雨衣

风紧追在背后

秋千荡起层层愁虑

有些时候

只是在有些时候

需要一个人

独自

默默地行走

在雨里

让雨打湿头发

再让头发遮住泪水

想一个人

想一个人从远处

　　跑来的样子

想一个人

　　他奔跑时匆匆的步履

在四月

还有寒冷　　还有风

别人都紧抱双臂

蔷薇花开了

遍地怒放的

　　是谁给谁的话语

我温暖的心

　　问淌出的泪

有些时候

只是在有些时候

需要这么独自

伫立

看一个人

看一个人从远处

　　由朦胧而清晰

看一个人

　　他眼里满是今天的亮雨

相信有关四月的诗

许多人正在写

也相信有关四月

再没有人能写得

　　比我真挚

如初

四月对别人

　　可能只是一个易逝的季节

　　一幅平常的挂历

而对我

四月

是整个春天

是拐杖对森林青葱的回忆

1988. 5. 3

你的身后是枫林

你的身后是枫林
是秋天高举的火炬
每日深深地凝视
终有一天
化作漫山遍野
翻卷不息的火焰
不明白的答案
还很多
至少
在这个雨季
可是要相信
暴风中凋谢的
只能是
压满眉睫的愁云

我不讲思念
并非因为距离太近
笑谈坎坷
并不意味背叛了前行的人群
不被理解就不去多费口舌
追寻报偿
不也一样是乞求怜悯
那火燃得那么烈

如初

通红的亮色

噼啪作响

其中

难道没有我的血

没有我的声音

为你闪亮的眸子

时常疑惑

又时常惊喜万分

雨哗哗浇下来

只当是洗礼

是行路前庄严的仪式

我知道

我仓促写下的诗

如枫林在天地间

刷出的底色

对于一些人

是心

而对另一些人

不过是景致

1988. 5. 8

致

并不是所有的诗
　都写给你
不是
我的世界
　广袤无际
并不是所有的话
　都说给你
不是
我的听众
　如海潮聚集
留给你不是所有的温暖
洒向你不是所有的泪滴
还有　还有
那声苦痛的沉吟
那些踉跄的步履
还有　还有
那个磨穿鞋底的旅人
那座满目疮痍的村庄
我的梦想
　从不给哪一个人
我的征程
　也并非为一人所系
原谅我的这种保留

如初

说给你

　　并不是我所有的话语

写给你

　　也不是我所有的诗句

1988. 5. 10

骊
歌

季风的思绪
　弥漫在周围
过去的日子
如楝树消瘦的叶片
淡淡的阴影
覆盖你全身
而眉睫
已蹙成无法释解的冰冷
有支歌你已唱出口
但告诉我
为什么总不能
　唱得完整

我与你并坐
长凳中间的距离
使发自心底的语言
得以穿行
今夜
你询问中的忧虑
凉爽的浓重
多少次
无言打开唱片
那些反复吟咏的心声

如初

叫我怎忍心再听
又怎忍心不听

你沉默又哀怨的眼神
一如今晚月色
深刻　朦胧
即使这支歌没有结尾
我又怎忍心回头
不读你的泪水
而看别人的
　笑容

1988.5.25

As Before

手
相

我怎么能预言你的命运
连我都不知道
那些浅、深不同的纹记
代表的
是将来的坎坷
还是过去的伤痕

岔道布满掌心
每次展伸与紧握
都发出几种预言
和着一次哭泣的声音
我怎么能看出并说出
　你以后的图景
怎么能确定
　那些不同走向的波浪
是朝着彼岸还是河心

你打开的坦率与真挚
还不够我细细地读
何况隐藏在指尖的那些默然
即使今生的路都已注定
我也无法指出是否有一条
　正等待你的足音

如初

已说出和未说出的
不过是担心和猜测
环绕你周围空间的
　是我轻吐出的丝
暗哑唱不出嘹亮
喧嚷变不成沉吟
这带血的游丝又怎能
　怎能代替命运

1988. 5. 30

As Before

在路上

画你的梦

在我肩擎的旗

飘飞的

不都是雪

也不都是思绪

有许多变幻的颜色

在我们眼里

就让它燃烧为火

冶炼出钢铁灼热的诗句

撑盏萤火的星

照亮这段冬天的足迹

朔风掀起你头顶的波涛

翻卷我飒飒作响的旗

拉起手

不问风后有没有雨

什么时候

我们行进的背影

才不犹疑、踟蹰

而失落的

只是那些踉跄的步履

1988.6

伤心咖啡

你掰得指节嘎吱作响
每走一步都伴着一步回望
我疑心身后
　　布满的陌生风景
岁月拖出的路途
　　一地落英纷呈
这样的无言
是清醒
还是飘摇的迷蒙

这杯咖啡留待你独饮
我把茶煮得很淡
苦味已多得
　　不忍亲自品尝
忧愁像雨
泪水晶莹
有时需要哽咽
有时也要灿然开放

那支自燃的烟蒂
在木桌的那一头
在命运背后
亮着一种解释

一种最不愿说出的创痛

我无法握紧这句誓言

你明灭隐约的顾盼

依然拖着长长的阴影

你渐远渐长的语调

在沉默与沉默之间

如烛焰

依然

闪烁不定

1988.6.24—7.11

如初

隐
痛

有些什么在心底
隐隐作痛

秋风吹过
掀起肩头的落叶
旋转、飘落的
是谁的足尖
是谁隐痛的关节

风起处
谁在舞
而于秋林
我只能局外
无奈地看一片片生命
如我粉碎的岁月
起落　翻腾
仿佛节日门槛的
一次次回眸
总有
礼花般
纷纷坠落的
风景

黑夜里有什么在逃遁

握不住呼啸而过的声音

成群的风滑翔

起落

岁月和声澎湃如潮

散落遍地

千种万种

只有一句话

低低地

笼罩

一生

我弹着指尖的水珠

以漠然的表情

自问

此刻谁还会坐在窗下

翻读那本旧诗

听雨滴滴答答地

穿透一页页

寒冷

此刻谁还会回转身

劝我不要站在路口

而他自己却一直走在

如初

风中

有些什么
在心底
隐隐作痛

满月亮得苍白
叮叮当当的光芒
刺在脚面
终生注定在利刃上行走吗
背后不容分说的推搡
来自命运还是理想
冰凉的手掌

整个过程都将如此吗
我问得那么笨拙
如果有回答洞穿我的疑惑
又怎能确定答案的真实
又如何企望真实不是
冷酷
那么就沉默如树
在朔风中颤抖双肩
聆听灵魂飞驰的响声

起风的日子
有什么在心底
隐隐作痛

而风起处

风起处
谁在舞

1988.10.25

如初

子夜独语

在那些
那些等待的岁月
烛光亮得异样
凄冷
月光碾过墙壁
记载一种流逝
一种独坐的心情
叠印的日子
叠印的面容
已褪色多年
是握不住的水
是无法治愈的创痛

远近闪烁的渔火
关在窗外
等待的日子
每每刺痛我低垂的眼睛
迎面吹来的风
响彻一种喧嚣
一种海啸动天的轰鸣

在所有
所有等待的岁月

钟声滴答滴答

证明死亡

证明新生

1988.12.20

如初

出走

想出去走走
在阴天或晴天
走在空旷的街上
不确定目的
只是随便走走

有一种声音响在身后
像沉吟又像抽泣
有些步履总不能举起
如你说话的余音
忧郁　迟疑

我以无动于衷的冷淡
掩饰激动
告诉自己不为什么
只是出来随便看看世界
不发出声响的脚步
永朝人流相反的方向
执拗，悠闲地走
很可能
岔道没完没了
每条路都是逆风

好久没有出来走走

As Before

跨出门槛的一步如此轻松
这条路必是通向郊外
那么还有郊外之外
歌外之外　心外之外
言谈外的风景

疆野永远且广袤
今天我只带了脚步
永不停歇
在晴天或阴天
不确定目的
一个人
不为什么
随便走走

山阳的麦子已齐腰了吗
布谷的啼鸣洒落的
是欣悦还是恍惚
藏起汹涌的表情
摇摇头总是不懂

这种心情

1988

如初

蓝色变奏（三）

1

你会不会
也对这样的暮色伫立
凝神的刹那
会不会
也有同样的疼痛
深刺在心里

你会不会
也去找一个角落
推开悠远与嘈杂
在一首歌里
轻轻地把我想起

会不会
一盏灯下
无人的时候
也有同样的热泪
洒落在面前
这一只浅浅的杯里

2

而那一直走在我前边
跟在我身后的
是谁啊
那始终伴我左右
同行搀扶我的
是谁啊
在匆匆走过的岁月里
那一直被梦着的
被写进诗里的
是谁

我怎么没想到
抬头看一看
怎么会拖到今天
才惊喜于
你陌生又熟悉的
容颜

3

是不是此刻
你也会含笑坐在灯下

如初

想起一个人

会不会在忆念的时候

喜悦里

也有刹那的疼痛

在掌心

哗哗翻过的岁月

像拦不住的河流

只有我知道　哪里是

奔涌不息的源头

是不是在翻阅一本书的时候

你也有过片刻的停留

疑惑的日子

是不是也有唱片飞转

如时光倒流

无声的静谧

是无法抗拒的忧愁

而在欢声笑语里

只有我听见

那些心碎

只有我知道

As Before

那心碎是为谁

4

其实　我一直
进行着没有对象的对话
灵魂中的对手
便一直喋喋不休
对着空无发问
和流泪
一如我始终　念着
那个并不存在的
爱人

在生命这张
脆弱的纸上
我已把他
涂了又描

最美的画
依旧最难表达

为相遇而奔走的路上
必定有些什么在生长

如初

不然为什么岔道遍布

独独你我

没有错过　没有迷失方向

5

我入迷地看着

冰如何悄悄地化

树如何悄悄地生长

想象着地球的那一端

雪如何悄悄地下

河流如何在一夜间

悄悄地结冰

面对迷人的世界呵

我悄悄地等

看着太阳如何悄悄地拥我

如何传送它的柔情

我毫不迟疑地走

并悄悄留心身旁

悄悄走近的你

和你悄悄的脚步声

6

默祷的钟声里

As Before

有一辆列车
从南到北
从白到黑再到黎明
列车里熟睡的你啊
会不会为一声呼唤
惊醒

车窗外的黑夜
恍若　昨梦
今生无法结束的
是为谁的旅程

从一年穿过一年啊
驻足凝眸时
是不是也有疲倦
是你必经的站台
站台过后
依然是无法拒绝的前路
而前路　是不是因为有雨
便异常迷蒙

1988

如初

旧日

对于旧日的沉痛
我们还能怎样陈述
平淡或激愤
敲不醒依然是这座晚钟

每条街道踟蹰的心情
再一次变得凄冷
风里的呐喊和呼吸
只不过又完成了逡巡的证明

失约在犹疑的足尖
对一个希冀的希冀
是什么
阻挡了如期的步履

时光沉默的流逝
相牵的手在哪里
如今　又一只

时光沉默的流逝
张开掌心　多少次
旧日泛滥
河道纵横

1989.5.30

蓝色变奏（四）

1

无数启程的日子
像今夜璀璨的群星
跃动的蓝色
是天空扬起的旗帜
我知道
一步　就是开始

注定和往常一样
这段独白没人聆听
黑暗中相遇的
是一样沉默的魂灵
多年以来
肩上驭着疾风
也驭着一样的寒冷

一个出发便是一次再生
一条路当然就是
　一场生命

匆匆地行走
略去的何止风景

多少次都忘了回头
看看谁在注视
并一直静默无言地
与我同行

2

踏雪而行
想旧事或许成了
　今日的苍茫

多年搁置的心情
暮野的风中
又被谁奏响

以后再以后
在没人知的子夜
悬成一条锁链的
原是身后
摆脱不掉的清影
每一岔道
每一山路的拐角处
不期而遇的
原也是这份似曾相识的

As Before

淡淡的
　忧伤

3

错过你的时候
就想到了
其实
必定会有这次重逢
意料外的
　只是
隔了几重山
　几重路
苍老的声音唤出的
依旧是年少时的乳名

漫漫黄沙
省略了迢遥来路
微白的双鬓
却注释着
朔风的冰冷

时隐时现的
你沧桑的声音

109

如初

怎么像一柄箭
击中一些时光
一叠不忍卒读的
篇章
一阵不及整理的
难言的
疼痛

4

无月的行程
总是这般苦涩
装进背囊的
不是所有
地上不正遗落着
寂寞的身影

笛声响在背后
是谁踟蹰不语　颔首倾听
辉煌的万家灯火呵
却不是为我送行

多少年坎坷行程
不及一句轻声的问候

As Before

正如最美的
总是最后　总是最后
你倾心的笑容

5

只是背过身去
在风口
只是悄然问自己
背负着这份别离的痛楚
该以怎样的心情

该怎样打点行装
以怎样的目光回视家门
多少次挥别送行
就多少次放不下
此生的梦境

踏上没有归途的旅程
对擦肩而过的命运
轻轻一笑
迎面击来的寒风
怎折得断
　千年的铁树

如初

漫天飞雪
怎压得弯
挺拔的山峰

远处澄明的灯光
熟悉又陌生
只是　只是悄然转身
在风口
任温馨划过心
像一颗存在过
　　又逝去的
　　　　彗星

6

所有　所有人都离去了
这条平常的旅程
寂寥岁月
踽踽独行
所有　所有的都放弃了
这个人总不肯舍下
　　那只手举的灯盏
　　那个憧憬
　　那份最初的忠诚

As Before

还会有后来人的
会有人乐于捡拾脚印
潮涌潮落间
海滩上总聚集着
　贝壳收藏者的匆忙身影

还会有后来人么
苍苍茫茫
芸芸众生
哪里去找　去复制
　再造一个前卫
　和他
不可替代的
　　英勇

1989

如初

犹在镜中（1990—1999）

野
火

所有、所有都会消逝

云淡风轻　悄悄掠过

他们说

我们的分手并不会使这世上缺失什么

所有的所有都会消逝

我们的相识和开始

如一阵荒野的火

燃烧　熄灭

除了灰烬并不给这世上留下什么

可是要如何才能在回首来路时

守口如瓶　不动声色

而一个夏日平常的早晨

也能以平静的心情

从撑满期待的莲叶间从容走过

要如何才能按捺伤痛

淡淡地挥手、转身

背对飞奔而来的方向

花费整整一生去忘记

忘记

忘记我曾如何深深地爱着

1990.8.6

117
如初

蓝色变奏（五）

1

尘沙的声音
是一场战争
攥有陨星的碎片
永远是
紧握双拳
背对风景
任迎面狂风
　划过
翻跃奔涌

有多少美好
来不及实现
而那些转身远去的幸福
总是深刻又简单

年年如是

潮涨潮落的生活
像看不见的航行
是谁
雕塑了我冷峻的面容

As Before

2

万物复苏
冬天只留下远逝的背影
我徒然追忆
在每一岔路踌躇

清霜遮盖了的心事
画不出来
树还是去年的姿态
像在完成一项证明

岔路上只有足迹
任谁去辨认
那些匆匆闪逝的梦想
  单薄   神秘
仿佛信语
却无从倾听

要走到什么地方
才能幡然醒悟
虽然早已深深知道
是什么使我辗转、跋涉

如初

使我心灵如此
痛楚

3

请退后一步
让开路
请别率肆虐西风
吹灭我手中的蜡烛

以一千种方式
存在
而选择只能一种
不能僭越
犹如真理
一千条路
有一条
必得走到底

请让开
让这火通行
让她成为照耀
成为永恒

As Before

4

所有所有都会消失
云淡风轻
那些曾经年轻过的句子
也早已被岁月
或浅或深
删改了
起初清鲜的面容

雨还是飘下来
风还是要吹干泪水
而那条看不见的河流
也还是要在胸中奔涌

我还是要坚持倾诉
与四周的哑默　　冷寂
或者在重复不停的航程里
再一次开始
学习面对风雨
如何展开双翅
如何默默地飞行

1990

121

如初

蓝色变奏（六）

1

我要把你藏在

　　最深最深的地方

那个被叫作心的房子里

然后掩上门

过平静的日子

偶尔也会笑出声来

而在幢幢人影里

懂得我灵魂悲伤的

只有那个

被我揣在胸膛的人

我还要把你藏在

　　最远最远的地方

远到

我无法想念

岁月的湍流挟着

　　所有人的面影

但唯独不要你的容颜闪现

漂泊的生命脆弱

一次揣想便是一场死亡

便是抵不住的一次次的

锥心

2

其实心中
并没有一种可以说出的忧伤
只是风起时有些痛
漫延的西风呼啸而过
人流如潮
荆棘不能生长
想喊的时候便飞快地走
满街的面孔
是一阵阵冷冷的风

这个广场依旧人影幢幢
又一阵汽笛划过
而什么掉下来
有金属的声音坠落
我仔细辨认着
那些碎裂
那些因碎裂发出的
　美丽的声响

到最后　最后的最后

如初

生命不过就是一场握别
不过就是一声鸣笛
和一次最后的碎裂
当所有辉煌的情节都已了结
只剩下空寂的站台　在最后
目送一去不返的列车
驰出这宽广的世界

3

已经有什么流逝着
命运的水纹
在手上
昔日匆忙的解释
我怎会看不见
你掌心深刻的刀伤

火燃起　复烧成灰烬
而我　站在对岸
迟疑更站在
离你不远的地方

要如何才能
举起那面旗帜

As Before

以飒飒的翻卷
回应扑面的朔风

要如何才能在失望的时候
也能不失英勇
先按捺住这一切
为能再从烈焰里
铸一个诞生

4

还是不要提起吧
只把这首歌
留在最后
淡淡的日子里
一些淡淡的失望呵
是一份礼赠
但要做到
那首歌唱的
　　不要回头

再见了
让我们郑重地握别
从此分手

如初

时光的含义呵
谁能了解
谁又能真正接受

还是不要提起吧

只是多年后的子夜
爆竹响起的时候
鬓发斑白的你
是不是也会准备相同的礼物
为年轻时的错过
深深记住：

青春不过是几次相聚　相知
和一些坚贞的守候
生命原本不过是
由滴水汇成的河流

1991

As Before

蓝色变奏（七）

万种声音里
我知道
有一种声音
已再说不出原意
如此呵
注定被击碎的巨浪
为什么还要澎湃而起

在这样的步伐里
什么是永远
不变的难道只是：
我重复地说
但还没有说出
最想说的那句

这样的行程
其实只有一个目的

身后的合唱
对我
又是一场分别呵
占据我整整一生的
恰是这样

如初

寻找不辍

又无从弥补的

　　距离

1991

As Before

1

面对草原
像看见自己的怀念
前世的我
是否也披一条红头巾
提着奶罐
走过那扇紧闭的栅栏

远去的马蹄与背影
凝结了她所有的悲欢
月光照过的影子
在帐篷上面
等待与遥望的
红头巾
草原风里
飘扬在她的胸前

告诉我
这难道也是中途
那么　哪里是我
灵魂的家园
生命是一次远足

这辈子都用于寻找了
我们在地面的时光
总是这样短暂

2

远牧的岁月
我一定是那个
执鞭的少女
朔望与凝睇间
野荞花云一样
开在梦里

勒勒车上
端坐着我的爱人
让人心疼的目光
像一把火
三叶草呵三叶草
你承负的晨露里
为什么有那样的斑斓
唤醒我
兀鹰的飞翔
难道会不是他的魂魄

滚滚风涛
茫茫烟波

放逐的夜晚
唯有心烛
灼痛胸口
而除了胸口
哪里又藏得起
这份奔波

3

干涸的海底
长满水草
经历了多少万年
上升为陆地
而我们被冲上来
留守　然后
隐匿

那些散落的章句
是走过的长长足印吗
或是飞鸟在天空
划过的淡淡痕迹

如初

那些熟悉的伤痛
不敢提起
在另一个遥邈的疆域
我念着什么
有谁会看到我的哭泣

陌生与熟识的轮回
多少世纪
直到今朝
今朝
风一样地
流浪与迁徙

4

从不曾想
命运会迎面驰来
如同不相信
水中倒影
那张
面容
布满阡陌

忘了是谁提醒我
寻找那方湖泊

As Before

让我站在雏菊丛生的水湄
看清一生的跋涉
看清脚底
因赶路铺满的
坚硬的花朵

为我保守千年的秘密
终于吐露
沓沓的蹄声
飞越生命

此岸尘世呵
我怎么会是一声叮咛
而不是那个勒马西望的
独骑
和他眼里遍野的
烽火
那样的身影
立定风中
从不问
唱给他的
是哪一支飞鸟的歌

1991

133

如初

蓝色变奏（九）

1

在海王星与深不可测的
黑暗中间
划出轻盈的蔚蓝
旋转的后面
谁能看见　那份寻找
掩饰着的不安

又一个新的星座
被一双凡人的手
擦亮

它的名字
它不可轻吐的秘密
含在谁的唇边

不要轻易说出
那个故事
那颗历经千劫
却百难不死的
灵魂
不要告诉我

包括目的
包括命运

我相信
有一种秩序
早已将终生拟定
虽然我用一生
用一生
都在等待它缓慢的
来临

2

那一定也是
一个宇宙
时间以外
视线以外
只有伫立彼岸的人
才能看见
在看见它的人中间
只有少数人
会因它醉人的美
止不住心颤

如初

远古海啸的遗迹

火山熔岩的波浪

几经裂变的

沧桑的皱纹

在沉醉的人群里

只有一个人

会突然沉默地

用手按住

疼痛的心

什么时候

火焰凝结为岩石

海浪变成了灰烬

风尘仆仆的故事呵

在那些波涛上奔跑着的

是不是就是

我的命运

大漠深秋

谁是我

醒着的静默

谁是那个

猝然心痛

As Before

又背过身去
迎风走着的人

3

山岩建成的房舍
又失散为山岩
冥王的宫殿
途中漂流
凄烈的杀声退回梦里
静静地安眠

化为灰烬的不只是铁
那辆驰骋的战车
已瘦骨嶙峋
失落的王冠
一半埋进泥土
冠顶的明珠
一尘不染

昔日的征战
是斜挂在马鞍上的
那柄荣耀
仿佛酣战后的一次不经心

如初

凛冽的寒光

刺透光阴

是哪位将军伴着

敌人淋漓的滴血睡眠

哪位将军

以地为枕

不被记录的战斗与

不在名册的勇士

亿万光年的距离

遗忘或沉湎

最后只剩我一人

在最后的城堡　坚持相信

守候

千年不遇的机会

终将来临的一天

4

其实不必说出

那个我轻轻藏起的名字

默祷的誓词

早变成剑上的字

As Before

是什么在门外响

风逝过的道路

没有足迹

是谁会在这时候

跃上战马

告诉我

是谁的斗篷

掀起狂澜

星光之外

是不是还有别的火

没有说出的话

是不是就是明明灭灭

风吹灯花

前路寂寥

谁能与我一同走

一起出发

谁能如我

千百次抚拭面前的剑

把誓言攥在手心

沉默地看它如何挣扎

如初

如何从指缝间
长出火焰

1991

风　　　　远处谁在等我
　　　　　为什么这时心有点疼
　　　　　知道其间的犹疑么
　　　　　或者我试图躲开的那段创痛
　　　　　你懂不懂

　　　　　这里的海
　　　　　不够寂静
　　　　　该怎么从头说给你听
　　　　　千百年后
　　　　　我依旧是那个拾贝的女子么
　　　　　或者已为迟归的渔船
　　　　　变成海边不息的风

　　　　　1992.8.28

如初

从前

影子是什么呢
从前有一天你问
你也会像那月下词人
独斟自酌　弄影成三
什么是痴情
等待或追随
什么又是千年
你也会踌躇么
在提起行李走开之前

影子是什么呢
为什么只它会
不忍不舍
无论顺境逆旅　沧海桑田
为什么它还是它
只它没有学会人间的
背叛

今生你会问么
再问一句
最后
然后沉默
缄口

等那归来的你

满面仓惶
鬓发已斑

1992

如初

远方

远方有谁在赶路
淡泊的侧影快融进黄昏了
一阵阵花雨打湿道路
赶路的那人始终不语
缄默的姿态
洒一路猜度

这个季节流行出走
我手里已没有什么可以凭依
风剥落记忆的彩色
碎片零落　模糊
伸开掌心　无数次
无数次还是那条命运的急流

一定有什么神谕
是我不能自觉的暗示
由谁带给我呢
遍野蔷薇是我听不懂的话语
也许会有渡口在不远处
匆匆赶路总忘记询问
那是一场开始　还是一个结局

究竟这一切是不是虚妄

生命奔涌　无从顾及

1992

如初

流年

那些花开得那么短暂
在我探望之前
友人们说这又是一个新季了
褪色的痕迹在掌心
每一条纹路都指向一段记忆

春天的时候　为什么
我们忙于整理
却忽略开始一种培植
凋落的　为什么
总是那些应顾及的珍惜

炎热的季节
不断有冰水浇过头顶
甚至繁花锦簇
也无法掩饰自己惨淡的表情

流年似水
岁月这样一副冷静的面容
荏苒的日子一再提醒
奇怪的是我们也一再错过倾听

1992

原因

那只扇着羽翅的小鸟
还要往哪里飞呢
那个浣水女为打捞什么
已把陶罐举起了多少回呢

麦花落了　荷花败了
稻花后面还有雪花开呢
弦子断了　嗓子哑了
排箫后面还有唢呐响呢

那株去年枯萎了的草
为什么今年一定要绿呢
那棵一直叫不出名的枯树
春天是不是也要坚持发芽呢

那些狂吹胸口的风
是不是还要执拗地找到
星空下独坐的那人
星空下独坐的人
为什么一定要等
风带给他的早已忘掉的
曾经允诺的音讯

如初

那支儿时唱过的歌
为什么会由你唱出来呢
为什么那么多人听这首歌
流泪的偏偏是我

那些扇着翅膀的鸟
为什么总是拒绝栖息呢
那些汤汤前行的流水
为什么总是头都不回呢

爱人
把手放在心的位置
回答我
春天为什么叫作春天呢

1993.1.16

梅花杜鹃

杜鹃唱到最后
把最后一滴血咳出
咳出的最后一滴血
变作了一朵梅花

一只女孩的手
把梅花别在胸前
女孩的名字叫梅
这年十六岁

对于杜鹃已是一世
这时的它变作了
一个少年
前世模糊的记忆
都因与女孩的相遇
而苏醒
他不知道一切只因为
那朵别在胸襟的梅花
只因为这女孩的名字
恰恰也叫梅

女孩当然不知道自己
就是那朵梅花

如初

是杜鹃生命的
最后一句
她一边傲视少年
一边等待仿佛前生听过的
那支曲子的来临

少年不能解释
他被夺去翅膀同时
也因了前世的歌唱
而丧失了声音
他唱不出来
他的血已在前世流尽

此生所能献给女孩的
只有这泪水了
然而女孩要等
不觉又是一世轮回
这时叫梅的女孩
因了太长的等待
已幻化为一朵梅花
在冰雪里
仍做着最后的坚持

天空不断有麻雀掠过

那只会唱歌的杜鹃

此生

仍被罚作少年

他当然认得出

雪中这最红的一朵

是他歌里的最后一句

他轻轻地撷它

放入胸襟

放入胸襟里的胸襟

没想到

刚刚放好

两臂就变成了

羽翅

万物肃穆

没有谁看见

杜鹃的

涅槃

人们只见鸟儿歌唱着

飞过

151

如初

不知道

那朵胸襟上别着的梅花

那个梅样的女孩

已长成杜鹃

小小的心

1993.2.3 凌晨 3 时

梨树开花

那年我们牵手走过

干涸的池塘

迎面山坡

一片开花的

苹果林中

你一眼认出

那棵梨树

白色的花

落满衣襟

正是春天

像那时少年的

我们

"一棵开花的梨树"

你教给我这首歌的

歌词

纺线的妈妈

在梨树的摇篮里

把儿子摇大

后来儿子参了军

在梨树下送他出征

再后来儿子没回来

妈妈把家中的纺车

如初

支在了梨树下

落下的梨花将她的头发染白了
妈妈变成了一棵梨树
长在村口

那年我们牵手走过
山坡
那片林子里
长着一棵梨树
现在是两个更年轻的人
坐在树下
白白的梨花落了一身
他们唱着另外的歌
没有听过
纺车的声音
也不知道
就在几十年前
那树下埋着的白发妈妈
一直在等
儿子
回家

1993.2.6

As Before

盟　　　　　那盟写在水上
　　　　　　　一直等着另一个人来看
　　　　　　　摆渡的旅人过去了
　　　　　　　百年
　　　　　　　那个人还没有出现

　　　　　　　那盟就写在水上
　　　　　　　因无形而永恒
　　　　　　　写它的人在彼岸
　　　　　　　等看它的人等到了
　　　　　　　白头

　　　　　　　那个人始终没有露面
　　　　　　　此岸的人群劳碌
　　　　　　　无人理会
　　　　　　　花蕊的清苦

　　　　　　　水还在流
　　　　　　　那盟如一朵花
　　　　　　　绣在布帛上面

　　　　　　　写它的那人的坟
　　　　　　　守着它

如初

直到看它变成灯
在暗夜里闪

一百年后
背剑的少年
匆匆过河
他不知道
背上的剑
在划过墓碑的一瞬
已被刻上了铭文

摆渡的后生
迷惑地看着水面上
火光一闪
河流汤汤
黄土知道
那白头的人
悄悄地合上了双眼

1993.2.16

As Before

春天

你怎么能知道
我藏在山里的心
已被大雪焐得
不知道了疼
春天还是要来
草甸坚持着绿
羊鞭拦不住
西山坳家女子的歌声

是第几个春天了
外面
那个少年牧人
抱膝独坐
背倚羊栏的姿势
成为剪影
泪水一样
打湿坡上青草的
是谁人的乳名

等冰山雪化
银河一寸寸崩塌
歌唱的女子　走到最高海拔
你站下

如初

又有谁会指给你看
遍野漫山
年年冬天开的
都是什么花

山峦说绿就绿了
谁说了

告诉我　爱人
外面
正走着的春天
是你额前的第几根白发

开花的树　落雪的树
让我细细数一数
你的哪一根白发
使我雪下的心
疼得
慢慢复苏

1993.4.16

苍白

那时我怎么会知道
路的尽头
还是路

只是到了分手
才知软弱的心
原抵不过一阵痛楚
可是那时你怎么
会不知
你会是我今日
所有的
倾吐

随意挽住的日子
像打结的镣铐
冰鞋
划出伤痕的秋天
落叶满目
我怎么能不写得
苍白
纸
失血的文字
转身和

来世

而谁在哭

这个世上

我不知道的角落

有谁的心

同我一样

瑟缩

单薄

在风中

舞

1993. 10. 13

As Before

北地

芦柴花拔节的音乐
你听过吗
勒勒车拉着的家
你见过吗
那你怎么就说你认识
那个走了九十九里
还不肯歇脚的
牧人

还有那立于荒原之上的
骏马
它回眸的眼神
你是不是常常梦见
冰在它瞳仁里融化
春天接着又一个
春天

北地的雪下了几年了
几年了
仍然有不曾熄灭的
火焰
在窑洞里亮

如初

是谁于静夜里喊上一嗓

窗棂上的剪纸换上

又一个新年

是谁寂寞地站在崖上

听也不知是谁的

那支歌

在山坳里回响

1993

As Before

千
年

你真的就是

他么

你真的就是

千年前的

那个人

那么　漂泊在

岁月之河的

是谁的心

流逝中

凝成了石头的

又是谁的期待和守候

在千年后的

一个雨天

又由谁的手

将它捡起

叹息地点数

那些斑驳的纹路

那些断裂与褶皱

是怎样深重的创伤

为谁

为时光里的

哪一次

邂逅

如初

你真的就是
他么
那个骑马前来的人
让我如何辨识
在初夏的一个午前
青黄的麦田与垅后
蹄声轻捷
在荡起的尘土里
有着怎样的一瞥
你的回眸
你临风无语的沉默
桂树一样的容颜
你说给我的那些话
句句是金
句句都是
我失之交臂的
千年

金黄的麦秸
风中飘舞

我该怎样也让你认出
认出被你拥入怀中的这个人

As Before

正是你不慎遗失了的
你无意间错过的那个
坚持在你门前
伫立并祈祷了千年的人
我该怎样告诉你
如此漫长的等待
都只为今天相遇时
你拥我入怀的
一瞬
我该如何轻声说出
你就是我最初的心痛
你就是我埋葬了
千年的
青春

羁旅漫漫
阡陌纵横

而这一切又是谁在
安排
让你经过我踟蹰的路边
又是什么力量催促我
步伐坚定

如初

站在你和命运之间
向你讲述
那些守望的灯盏
那些辗转的长廊
廊外的池面上
漂浮着的
那一颗心样的
红莲

那是怎样的奇迹呵
四面八方的风
熊熊的星辰与火焰

我该怎样抑制住
不说破这个秘密
怕你看见
我为你暗自流下的泪水
怕你知道
我为你所受的千年的熬煎
怕你会因为太晚的相知呵
会在吻我的时候
因为懊悔而心颤

As Before

是呵　是你

风从背后吹来

麦浪滚滚　花香阵阵

我怎忍心　这个时刻

让你想起

千年前的那场别离

和　整整五千年

撕裂肺腑的

渴念

1993

如初

心
疼

手指触到的

不成形的事物

是什么

音乐以什么样的

方式

包裹着我

踏上

冻土的道路

噙泪的眼里

怎么看不见你们说的

那辆

飞奔的战车

时间

它马一样的鬃毛

柔而滑

又分明从我脸上

迟疑地

扫过

扫过呵

手指能够触到的
这个尘世
不存在的存在
是什么

我为谁一天天地等
盲人一样举着灯
直到帕上
锦绣化作
花朵
那花朵在别人心里
凝成
一瓣瓣的
疼痛

疼痛

手指触不到的
面庞
风终要吹走的
文字
和纸张

如初

疑问

在路上
想你
那本桌前的书
是谁将它轻轻地
打开
又合上
鸟飞过的窗
是谁的手
紧紧握住帷帘
玻璃板上的
阴影
水　光线
谁隐居在
这座城市
不发一言

尘土
要命地苦
谁在低声抱怨
刃一样锋利的
道路
又把谁的双脚
阻拦

月光冷冷

谁的黑发
被它一次次
漂白
而在家乡的
边上
谁归来后
又悄悄地
离开

如初

红尘

灰尘蒙住鞋子的

时候

请停下来

看看道路

太多的方向与岔道

太多相失

错误

像排箫

像褪色的彩绘

请停下来

坐在路边石头上

想一想

以后的

征途

以后的征途

为心底的哪团

火焰

为长眠的

哪片时光

为谁

为哪一个人

我会交出这个不屈的

灵魂

我心中最初的创痛
被放置在哪里
哪里才能遇见
我似曾相识的命运

多少年呵
我们握着彼此的手
在风中疾走
却不认识那个紧握誓言的人
正如多少年
我们站在山岗
守候
却忽略了
同我们一起等待的人

那些徐徐而过的春天
还有那些
未来临的岁月
两万个日夜
难道不够奢侈
我的勇士

173
如初

你不知道
在你远途而来之前
在热泪涌流的盼望里
有时　我只求
深夜能双手合十
低声叫出你的

名字

As Before

提灯而行（2000——2009）

礼
拜

佛前
总会有这样的遗漏
那个面影
波光一闪
从指间
锁回心底

我该如何
点亮
向上的水滴
又该如何
轻盈踏过
灰烬
那波澜的
碎银

四野肃然

这个时辰
又谁绕至
身后
扶着烛烟

如初

如轻触

礼拜者

微颤的

指尖

2006.12

As Before

永
生

已经足够的
静

天上的炉火
渐渐熄灭了
彤红的面影
行云不走
青山入梦
已经足够
可以聆听
可以察看
来自心底的
呼喊
在前往救赎之前

在前往救赎之前
必须攒够
起飞的
脚力

此时
这样的夜
一些人老

如初

一些人生
另些人获得

永寂

2006

歌者

那只曾向你摇篮里
抛撒花瓣的手
如今去了哪里

那个低回地吟诗的少年
在落雨的江边
他是谁

那位白发老人
用背影说的沧桑
是哪句话

那个赶路时频频回首的
脚夫
扛着一面破旧的旗子
一路歌唱

他是不是就是我
或者
我的爱人

忠
贞

远行的那人
随便捡了块岩石
歇歇脚
他不知道这岩石已经等了
几千年
这岩石因为等他
才成为岩石
他不知道只歇歇脚
就继续赶路
只有磕下的泥灰
在岩石边
和岩石一道
目睹暮色中
远行的那人
黑色的衣衫
在风中舞

这时的岩石不知道
几千年后
它会被搬去做纪念碑
碑下是远行人
坚硬的
头颅

谁　　　　　风从大路上吹来
　　　　　　又从大路上吹过
　　　　　　迎面的风呵
　　　　　　谁是和你一起飞翔的
　　　　　　候鸟
　　　　　　谁的名字
　　　　　　滑过指尖
　　　　　　消逝在群山的缄默

　　　　　　谁是浮冰
　　　　　　谁是白茫茫的尘土
　　　　　　之上
　　　　　　站立的那个
　　　　　　时刻
　　　　　　寡语的人呵
　　　　　　你回转身的
　　　　　　样子
　　　　　　使岩石炽热
　　　　　　谁在荆棘丛里漫步
　　　　　　试图或
　　　　　　被迫

　　　　　　杜鹃花开

如初

谁的血

在未知与永恒之间

谁使巨浪掀卷

钟声铿锵

谁的手

扶着火焰

哺育和修订

逃离与走近

严霜

按着谁击的节拍

舞蹈

风暴

谁

捧起神龛

从漫步到奔跑

风

掀起的衣袂

使白色的李树失掉了颜色

谁的名字

藏在指环背后

不可言说

As Before

究竟

站在大地的边缘
为什么我总是
那一个

把骨头拆开交给火
一根或全部

在这温暖的墓底
谁在哭
为这文字
未曾出口
谋面
壁上冷冷的
凝视
谁是
早为我准备好的镜子
以一滴泪
映出
身世

麦芒上走着的
春天
怎么知道

如初

那双雕刻的手
转眼已是
沙砾　尘土

罂粟花火样盛开

千年之后
那烤火的人
会不会问
哪一根燃尽的木柴
是爱人
今天的
骸骨

As Before

对面

额头　鬓发　指尖
在你对面
这多年

如果逆着时光走
会不会有另一场
重逢
一滴水
回到江河
天上
如果逆着时光
会不会有另一些
话语
温暖
胸膛

额头　鬓发　指尖
在你对面
一如从前

如果逆着时光走
会不会有另一场
邂逅

如初

星空

静寂地收入

闪烁的

试探

如果逆着时光

桂树长回童年

模样

你浅笑

你不语

立于落花之上

如果逆着时光

会不会有另一只

手

抚上

肩头

怕伤了火

轻轻

如果逆着时光

前行

As Before

谁　　　谁揭掉了我们心上的
　　　　悲戚
　　　　变愁苦为欢喜

　　　　谁面对苍茫
　　　　只微微一笑
　　　　人生到了最后不都能
　　　　输得起
　　　　行走过多少座山峦
　　　　如今群山行走在我
　　　　胸膛里

　　　　谁会向你讲述
　　　　星空下不息的江河
　　　　哪一滴海水
　　　　回到陆上
　　　　凝成了盐
　　　　或者
　　　　沙砾

　　　　或者

　　　　你

189

如初

乡愁

有一首歌
我们反反复复地唱
一代又一代
这首歌没有名字

大海咆哮过后
浪花熄灭了
面对空寂的滩岩
海底升腾起一种音乐
于喧嚣后　有无间
水冲上来　又跌下去
带走些什么　遗失些什么
反反复复
这个过程就像那首简单的歌

沙哑的号叫静寂了
才会有如诉的声音
请注意在一切喧响里
保有自己良好的听觉
仔细辨认
延续在不同年代里的音乐

这也许就是那首歌的名字

从生到生

从开始到

开始

如初

指
环

我把一枚薄玉裹在
一枚茶叶里
再把我左手的戒指取下
投入水杯
两个重量我无法称量
我不知
犹如
我对你的爱在哪边
或者举在手里的
哪个更重一点

我把指环吞下
它顽强地占领我的胃
玉把我的心切成
两瓣
一瓣分你
另一瓣你也可以拿去
它是完整的一颗
全部是你的

但什么痛着提醒
身体的暗处
那枚无法消化的戒指
卡在了盲肠里

As Before

遇
见

倚着车窗

风卷起他的黑发

夜

比黑发更黑

窗外灯光倾斜

轻滑不定

又是黑暗

浓墨洇化

那些田野

退至深梦

风又来

一辆夜车交错而过

肩上留下狂野的擦痕

静寂

夜无尽

田野

还是田野

今夜宛如

旅人

卷起的册页

一行文字

落在纸上

纯净

如他

沉思中的

抬眸

一瞥

As Before

是身如焰（2010—2022）

刹
那

有谁知道
是否还有庙宇遗失在
那个渡口
罕有人迹的道路
又怎知道
来自心内的疼痛
呼吸的起伏
曾经的睡与醒
命运中错失的机会
许多人膜拜的事物
他们下跪时心灵的
乞求的活动
如此地近如咫尺
可以触碰
是的，我站在这里
遍野是
可以俯瞰的
高楼
删掉庙宇的城市
吊在半空的身体
心脏
空无所系的殿堂
他们仍祈祷

如初

双手合十

但已是对着

另外的事物

神的背后

到处是移动的躯体

如此迅疾

迷惑与得救

都变得瞬时、速朽

沉沦、上升

或屈从于更为强大的

掠夺的

力量

这个时代的巨柱或

雕像

2010. 3. 30

As Before

呼
吸

你在哪里

在一个字到另一个字之间
我看花的时刻
为什么你也
站在花簇前
只是
千山之外
江河湖海穿越的
异地

你是谁

从这个字到那个字
果木　河流　果实
肌肤一样的土地
你行走的途中
为什么我也在行走
只是
深海无语
从最远到最静
最弱小到最长久的
呼吸

2010.6.23

如初

失
眠

是不是有个远方

等待前去

所以我

辗转反侧

灵魂悄移

听得到整夜

风的刀

切割玻璃

马阔步走出马厩

在窗下吃草

谁的手

用力

敲打窗户

将灯光拍亮

奶茶打翻

该走了

出发

靴子已在墙角移动

前来寻找主人

酒的热

风的冷

织就灼烈的长袍

只差一个梦

让我推窗跃马

骑上长风

狂奔于

黑夜的荒原

是呵是呵

万事皆备

却

独差

一张脸

一句誓言

2013.12.13

如初

这
里

我甚至

说不出

我写过的

那些文字

它们

泅开

只是水色发生了

变化

我其实

无法复述

来自心内的

诗

它们

如花离树

盛开与

落下

我不能控制

亦无处捡拾

无处

无迹

也许

它不在

那里

这里

或者

既在

那里这里

犹如

一朵莲花

开在

此刻

行者的

心底

2014.4

如初

谷雨

雨像谷粒一样
洒在头上
脸上
还有肩膀

我扛着它
走了一段路
然后
在路的尽头
将它们
卸入麦田

麦田
一望无边

踩着泥土
回去么
回到城市
回到窗前
雨像谷粒一样
追踪前来
而我手扶
玻璃

看见

遥远的地方

长出

麦芒

2014.4.26 南京

如初

彼
此

他们认识多年

相约

某个傍晚

坐在岸上

水波潋滟

湖上的桥

早为他们筑成

面湖而坐

一下午

他们说着

散淡的话

那句最要紧的话

藏在话语

停顿的地方

直到暮色合围

它还没有

出声

静默的时候

他们

能听到

彼此

As Before

心中的

闪电

然而

那句话

蹲伏

更深

始终

不肯

露面

天黑之前

他用竹竿

为她打枣

并将泥土中的

花生

指给她看

她沉吟不语

知道这是

一个人

为彼此准备的

家乡

从此

如初

他们住了进去

房子小得

像一颗

心脏

但已足够

足够

装下

彼此

对方

2014.4.26

As Before

离开

离开
竟从一片白芦花间
穿过
我仍坐在你身旁
一动不动
屏息看方向盘上
那只手背上的
伤痕
它仿佛长久等着
我的发问

它必是经过了
伤痛与
火
才步入我的眼帘
它是怎么留下的
何时
何事
因何人

但我三缄其口
听任旷野将疑惑

寂静

收拢

再等风把答案

——吹散

你轻语

真的是好大一片芦花

是呵是呵

我应着

那声音全不像我

难以确定

漫不经心

然也只有这颗心

爱着你

尽管已如此深爱

你的眼眸

侧影

但我还是

静静安坐

默不作声

就这么

白芦花今天

倔强地没过

我的头顶

2014. 8. 19

如初

谁　　　　谁从神殿上

下来

递给我呼吸

谁递给我

呼吸

同时安静地

看着我

谁看着我

并将手沉默地

放在我手里

谁将手放在我

手里

还把体温

传给我

谁把体温传给我

并把心跳

送给我

谁把心跳送给我

还将热爱

给予我

谁将热爱给予我

并将信仰

带给我

As Before

谁将信仰带给我
还把忠贞
留给我
谁将忠贞留给我
并把身体
献给我
谁把身体献给我
仍将灵魂
交给我
谁将灵魂交给我
并把生命
给予我

谁
你是
谁

我爱
从神殿上
下来
走向
我

2014.9.30

213
如初

低
语

我越来越喜欢
微小的事物
湖水上的晨曦
船桨划过的
涟漪
蜻蜓点水的微澜
在我心中
不为人知的
汹涌的
波浪

我越来越接近
幽暗的事物
旧城墙斑驳的皱纹
沉思于暮色中的
古寺
手背上香炷的灼伤
尘灰缓慢地下降
好像只它们才能引起
我的共鸣

我越来越热爱
软弱

As Before

胡同口独坐的老人
偎在母亲怀中
熟睡的孩童
晾台上洗旧的床单
拐角处佝偻的背影
一只无力的手上
扶着的
吊瓶

我沉湎于
正在消逝的一切
一枚离开树枝的
银杏叶
子夜撞钟回荡的
声响
铁轨义无反顾
去向的
远方
曾经自由无羁的原野
成片的土地
被翻盖成了
楼房

215

如初

我如此羞怯地

想着

那些细枝末节

那只试探地伸过来的手

（尽管中途它改变了方向）

那被目光无数次眷顾的

脸庞

（它还是被捧上了别人的胸膛）

一颗泪珠砸向

尘世

这句只说给你的话

仍然堵着

我的喉咙

我越来越倾心

一粒种子破土的冲动

一滴雨倒立着

回到天上

一声啼哭

划破夜空

群山缄默　排列成行

是的

As Before

喃喃低语中

我越来越与那些

人们忽略的

事物

相像

2014.10.10

如初

逆行

星空下
跋涉的人
一直在与这个世界
逆行
她从不顺从
她一直在选择中选择
所有选择中
她独钟情陌生
是的　陌生
就像我们
从不相识
就像　不被你看重的
我的天赋
和
爱情

2014.11.16

As Before

心动

心脏的

寂夜的

跳动

像是谁

拧紧的

闹钟

滴答滴答

数着黑暗

行走的脚步

数着它阴影

笼罩又撤掉的

黎明

心脏的

钟声

更数着

死亡的临近

它蒙着灰纱

如今

还不肯露出

狰狞的

妆容

心脏的

如初

整夜的

跳动

谁说

不也在数着流逝

数着和你

离别的日子

数着走近

你我擦肩时

一瞥的询问

数着迟疑

你举起手臂的

再见

数着

叮叮当当

缀满原野的

星星

数着飘过肩头的

雪片

数着狂风

路过的

街道

掀起的

窗帘

220

As Before

数着你睫毛里的

雾

数着

流转的四季

数着古老的

海

钟声齐鸣

数着经年

不停的

车轮

在南北间

往返飞奔

数着黑中掺白的

头发

数着灰暗转亮的

心情

滴答滴答

心脏的

彻夜的

跳动

数着家乡

千里外

湖面上

如初

氤氲的

荷香

数着

岸上

一年年的

一个个

你

数着

比死亡更

有力的

重逢

心脏的

寂夜的

跳动

2014.12.15 夜

微尘

你是不是看见过
从土路到公路到高速路上
飘过的
微尘

你是不是注意过
从乡村到城镇
再到都市中
沉浮的
命运

你是不是使用过
被称为俗话、俚语、乡音的
带有故里烟火的
语言

你是不是在意过
藏在那些挣扎、生计
艰辛的汗水与泪珠中
悲苦的
精神

你是不是仍在喜欢

如初

这个已变得嘈杂、拥挤的

世界

犹如一个诗人

妄想

紧紧攥住

空旷的荒原之上

无家可归的

微尘

2015.1.23　深圳

As Before

长夜

今夜

我蘸着血

太浓了

再蘸些泪

又太苦

研墨的人

难道你不已习惯于

这样的比例

和浓郁

写下的字

太涩了

笔尖已滞

如白茶经年

难道你不早习惯于

艰涩阻滞

而不是流利、轻盈

今夜

与昨夜一样

明天也不会

不同

一笔一划

一字一句

几令纸

如初

几十年

叠加

累积

累加

叠积

却从未能够

寄出去

或者

在你身旁

轻轻地

念给

你

听

2015.3.15　郑州

此刻

此刻
你指给我看的
大海
已经平静
下来
此刻
鱼翔浅底
礁石突立
你不在礁石
之上
你在
哪里

此刻地铁
灯光转暗
车厢沉寂
突然来临的
静默
好似时间
被谁裁掉
此刻
被拿去的
这个瞬间

如初

你不坐在我的

对面

你在

哪里

此刻深夜

我对人生的

奥秘

并不全然

了解

比如

血与钙

骨

密度

爱或

苦

此刻车行

南京合肥

膝上纸笺

已缀满

抵达的

珍珠

此刻夏至

As Before

字句汹涌

繁华无尽

此刻

你不在

我的

纸上

你在哪里

隐身

2015.5.28　南京至合肥高铁上

如初

同路

我需按住
按住
西风
尽管它比
刀子还硬
长驱直入
险些刺破
我的
喉咙

我需抓住
抓住
闪电
尽管它
自由飞奔
下个瞬间
穿过肉身
绝无商量
暴力劫持
我的
灵魂

我需握住

握住

水

比闪电快

比西风软

尽管它

苍白无色

从不留痕

存在只为

消隐

流逝是它

停顿的

别名

我需攥住

攥住

沙

尽管它

盖地铺天

无畏驰骋

这一粒

昂首阔步

正值华年

或许正待与我

如初

相认

一个勇士
我的
前身

2015.7.4

古寺

台阶
已四顾无人
看沉沉暮色
合围
那些山峰我不想
我不做占领者
不占有、不征服
那么我是
过客
也不
这个傍晚
只静听
松涛
低诉
黑下来的夜
月光漫上
脚面
我想着你的
那一滴
泪

同样的夜
它如何寂然

如初

滑落

想着如何

翻动你的身躯

擦拭

穿衣

入殓

想着你

佛一样

肃穆

婴儿一般的

柔软

顺从我的

触摸

古寺端坐

如今和我

一起

在暮色中

想你

那滴泪

是否换作了手上

念珠中的

一颗

或者

它

早已

形单影只

遗落在

这个尘世

沉默、受孕

萌芽

成为另一个

你

如同佛

当我如一枚

种子

种入

大千

因缘

历劫不灭

生生往复

经受无尽的

轮回

不喜

不忧

如初

不惧

今夜
你仍不在
只有
山上的古寺
盛着舍利
如收藏
我一刹的
心念
或者前世的
秘密
和
由来

2015.8.8

夜行

是的
我想揭掉
这块幕布
撬开夜的
牢笼
把星子暂放进
备好的盒子中
看一看
另一端的
宇宙
是谁
揽镜自照
与我相映

是的
我想抖落
这些尘土
这些沾满
世故的
泥污
与皮肤长在一起的
面具
之下

如初

我想看看
最原初的
那个你
婴儿一般的
面容

是的
或者干脆
将这夜推倒
抽出
另一副牌
或者再
加些力量
踩下跷跷板
翻转
待那边世界的
底色
骤然呈现
也可以
拿来闪电的
利刃
手术台上
切下这心的

As Before

暗黑

待那块垒

——坠毁

聚光灯下

哪怕看到的是

荒地　灌木

水流　浅滩

是的

这一切都易

实现

一切终将

如愿

只是

镜中

那个

青葱的你

转瞬即逝

再难

遇见

2015.9.20　郑州至北京高铁上

如初

谁　　　谁在

八百米的

高处

梦见我

我在

谁的

梦里

俯身向心

捧起他

清俊的脸庞

发出

轻叹

谁在

八千米的

海底

遇见我

我在

谁的

对面

不知所措

喃喃自语

最终

As Before

擦肩

谁在
八万里的
远方
给我写信
我在谁的
信中
悄然起身
点亮星辰
拢上篝火
为疾书之人
照彻
庭院

谁不计
八亿光年
时间
仍等着我
我在谁的
坚持里
白发转青
踮起脚尖

如初

小心翼翼地

按图索骥

寻觅

足够相知的

那个时刻

与你

相见

2015.10.11 夜

边界

我喜欢站在高处
俯身向下的那个人
他的头发被风吹向
后面
我喜欢靴子被泥土
沾掉的那个
他的目光总是看向
穷人
我喜欢握住寒冷的
那只手
他的关切、疑惑中的
诚恳
是的
我喜欢他的眼泪
口袋里装着
几枚硬币的那个
谁若开口
他便给予
我喜欢他身后的水
额头上的
星辰
是的
它们如此洁净
澄碧

243
如初

如他眼中的

雪山

我喜欢因他人的苦痛而

暗自抽泣的那个

心碎时合上双眼的

一瞬

我热爱他

刹那心的刺痛

他的羞愧

不安

他为贫困而

奔赴的

脚印

是的

我一直站在

这里

静静地看

这个人

眼里始终充满的

笑意

和岁月馈赠于他

脸上愁苦的

皱纹

2015.11.8　北京至海口航班上

肉身

该如何

安处

这具肉身

放空

交付

为将来的火

浸它于水

琴键追逐的

余音

像一句诗的

飞奔

最黑暗　　最沉寂

最缩减

犯下僭越的罪

虚构它

再解除

节制

规避

放纵

顺从

涅槃

如初

游走的光

落日的

灰烬

这一刻

无法再现

寂寞难言

迟暮的花

久酿的蜜

燃尽的

柴

行走于途中的

闪电

或有无尽的可能

在纸的苍茫

背面

而你是谁

谁又是

你

御风而至

手扶

山峦

As Before

无名的神
恪守的
宫殿

2015.11.22

如初

火山

火山遗址上
许多人围观
指指点点
而我坐在距火山
两公里外的
树下
与人交谈
说不清什么季节的
叶子
落在石桌上
没有人动
它的静
沉稳
有一种力量
对坐的人
同时注意到
这一点
于是对谈变作
三方
忽而又有
更大的宇宙
加入
合唱

As Before

风

竖琴一样

弹奏

两公里外的

火山口下

岩浆涌动

五公里外的

海岸线

潮汐涨落

有序

仿佛

巨人的

呼吸

永续

海底的

秘密

波澜

而我

凌空飞起

如叶子

回到树上

看石桌两端

如初

对坐

人的絮语

在被

火山观者

打断之前

如何进入

另一重

时间

越过

闲散的

舌头

猜忌的

眼神

语言

自由

在变得澄澈的

星辰

下面

2015.12.19

As Before

细雪

细雪之上
松鼠爪印
指示我
步入会场
风
从身后经过
轻拍肩膀
说
有条路
在森林
只是
细雪之被
覆盖于它

冷杉挺拔
松针静默
徐徐沉落
白鹤
野生的
蘑菇
苔藓低伏
枞树
高高

如初

在上

什么犹豫了
一下
教我
脚步迟疑
桑寄生
石楠
灯芯草
地黄
轻雾扶着
脸庞
阳光忽暗
忽明

谁在发言
轻声
抱怨
我们还不是
人类

进化
进化

As Before

有语反诘
不是人类
恰
值得庆幸
众声沉寂
竖耳恭听

人类谈论生活
而我们
生活

有不同么

不同
谈论
从生活的部分
已成
生活全部

真实
活着吗

不

如初

他们情愿
活在
虚拟之中

虚拟
如同一层细雪
盖着土层

2015.12.31

良辰

谁能夺去这刻的静

屏气敛声

草虫低鸣

谁能涂改良辰

大海翻卷

月色清冷

一匹白马

擦身而过

蹄声如雷

溅起海水

盐粒

水滴

悉数落入

这茶

杯

心

倏然一热

风卷书册

一味

般若

且让我端坐

饮尽

如初

它

酒一样的

烈火

且让我将这

长袍

挽起

披甲

上马

去摘

明月

并将今夜

折入

纸页

珍

藏

要么

以这海

为杯

拿过来

一饮而尽

看看另一

维度

As Before

世界
是否还有
倒影
你我对饮
冰面
如镜

一颗
冬天的
心
宽恕
忍耐
平静
但
为什么我仍
向往
火中之
焰

将这肝
炙于
灼烫

如初

天河

水

剑锋

金

且待我

轻掷杯盅

伸手攥住

星宿

白马

鬣鬃

且待我

纵身一跃

沉入

深海

去会

蚌中

珠

海底

宫

五千年是

多少

时间

如何

计量

五千年又

如何

我

较之这杯

酽茗

此刻

千金

不换

良辰

美

景

2016.1.19 凌晨 3 时

如初

给
我

给我一只苹果

让我摸摸上面的霜

给我一杯水

让我品尝它来自哪条江河

给我一枚矿石

让我称称这颗心的重量

给我一粒盐

让我辨认出家的模样

给我一场雪

让它下在诗人还乡的路上

给我一片海

让它盛下战士半生的倥偬

给我一盏茶

让我饮尽两千年的恩怨

给我一把火

让我看看燎火的荒原

给我雨滴

给我闪电

给我一页白纸

让我写尽人世间的悲欢

给我一片沉默

As Before

让我听懂你话语的回旋

给我一条路

让我找到你所在的房屋

给我一个你

让我触到粗粝的针脚

棉布的衣衫

2016.1.30　G89 北京至郑州火车上，窗外大雪

如初

缓
慢

等一等
我喜欢这种
缓慢
一条路的尽头
另一条路
青涩地
开端
拐角处站着的
你
说
慢一点

等一等
我喜欢这种
迟疑
一阵风并不
追逐
另一阵风
它只是稍加
驻足
在此停顿
喏
缓行

那个牌子上
写得清楚沉稳

等一等
我喜欢这种
傲慢
一张笑脸并不
跟从另一张
笑脸
保持热情
同时亦维护
冷静
淡泊的面孔
两两相对
你同意吗
又摆手
噢
等一等

等一等
我喜欢这种
轻盈
一种声音并不

如初

顺从
另外一种
它只用
低语
向着内心
俯下身去
屏息聆听
婴儿一般的
呓语轻言

嘘　等一等
等一等我
等等灵魂

2016.2.26

As Before

谁

谁住在
我心里
一住就是
这么多
年

这一天
我想看看
这个人
这个
顽固的
房客
我已忘了
他的
长相

敲门
门内应答
"谁"

这
正是我的
所问

265

如初

你是谁
不交房租
还时时
让我
心
如刀绞

快开门
教我看看
你究竟是
哪一位
这么多年
也不搬走
藏在我的
心房
你
以何为生

门内的人
默然不语
很久
很久
那门

仍是紧闭

好吧
你不走
我就放弃
门内这时传来
低语
"我以爱为生
感谢你让我
寄住
请允许
我
住下去"

我问：
"多久？"
他答：
"一生！"

"只有死亡能将
我们分开？"

"就是死亡也不能！

如初

也不能将我们
分开!"

2016.2.26

暮
色

我想要说给
你的话
并不比这
一树桃花
更多
然而
你在听吗
暮色之中
你是否有时间
停留一下
听这一树
花开
一树
慎重的
嘱托

我写给你的
那些诗
应比这
一岸樱花
更多一点
然而
你在读吗

如初

暮色之中

我仿佛看见

你颔首

吟诵的

样子

那些句子

如花

但独差

我为你写出的

那三个字

我想要给你的

还有

这一树玉兰

它持重的花瓣

次第打开

这最早的吻

坚持而到

春尽

然而

你在看吗

暮色之中

你是否仍会

As Before

为她

转身

看这一树

期待

如何坦然

从容地

沉入

黑暗

2016.4

如初

不
够

不够

时间、词汇、纸张

都不够

还不够

写出

你给我的

那种

感受

不够

我还未写出

丁香

静夜花开的

声响

不够

我还不能写出

清晨

木槿的样子

雪松的端庄

不够

我还没能

写出

眼泪的咸

As Before

一滴水的

分量

不够

我还没写出

暮色之中

风抚过

青草的

颤栗

紫薇

清瘦的

面庞

不够

我仍无法

描述

一朵刚刚

盛开的

蒲公英

绽放的

笑容

我还无法

告诉你

这朵云的

最终

如初

去向

不够
我还没能写出
一地樱花的
牺牲
在它身旁
站立的
连翘的苦
我还未能写出
紫丁香与
白丁香的
来历
芍药与
牡丹
内蕴的
不同
我还没来得及
去探望
紫花地丁
风中摇曳的
单薄臂膀
不够

As Before

我还没写出

银杏叶的

正面与

背面

深绿与

浅黄

是的，不够

我还没有写出

锦带花的

热情

紫藤的芳香

不够

我仍没有写出

槐花的甜

蔷薇的

炽烈

兰草的

娉婷

不够

我还没有足够的

笔力

写出

如初

桃花的

妖娆

已长满硕叶的

树枝上

最后一朵

玉兰的

平静

不够

只这一个季节

怎么能够

我还没写出

你对我

最初的爱

我还尚未写出

这个

春天的

你

和你的

与众不同

2016.4.27

As Before

即景

嗯，这一切安详宁馨
带皮的土豆
紫色的洋葱
西红柿和牛尾在炉上沸腾
昨夜的诗稿散落于
乡间庭院里的
长凳

2016.8.11

如初

翅
膀

十六只麻雀在草丛中觅食

两只喜鹊攀了高枝

这样的场景多么甜蜜

但我的翅膀不在这里

它向往

嗯

8848 的高寒空气

你说我又在隐喻

是吗

真的

也许

2016.8.12

顺从

顺从于水

顺从它从高到低的

走势

它的谦卑

顺从于它陡峭处的

沉默与

不动声色

顺从于它的厚德

清明澄澈

顺从于水

顺从

它的平静坦荡

柔弱

顺从于它的宁馨

呼吸

圆润如丝

而又自由不羁

顺从

顺从于它的忍耐

淡泊

温情绵软

不离不弃

顺从于它的

如初

富足

智慧

韧性

顺从

顺从它潮汐的

节律

顺从它的吐纳

秩序

宇宙的

某种神秘

引力

顺从它经过的

滩涂　高山

平原　谷底

顺从那些

坎坷

沟壑

和歧途

或把歧途视作

另一种大道

并在大道上

弹剑

高歌

顺从于水

As Before

顺从于它的

坦然

顺从于它的

无色无味

它对远的渴望

对永恒的

信

顺从于水

顺从于它的

无限

无私

这液体的

黄金

顺从于水

顺从于它的

出处与

来路

速度

它的核心

顺从它

内里的

火焰

不经意间

缓慢地点燃

如初

顺从于水

顺从于它的

难以称量

它的

不可阻挡

顺从于水

顺从于它的

隐忍

从容

大度

顺从于它的

至真的欢乐

它的

纯

顺从于水

顺从于它的恩宠

静美

顺从于它的

无畏

和

慈悲

2016.8.15

As Before

重逢

我如何能够

细数出

事物的精微

低俯的草

长风中的楝树

诵经的灵魂的

美

我如何能够

说出真相

或者与之接近

地心的热

旧瓦上的云

一粒沙和

一颗星子

在我胸中所占的

比重

我如何能够

描绘

雪莲的重蕊

婴儿的熟睡

青袍上的暗影

冰下的

如初

水

我如何能够

画出

隐遁的翅膀

看不见的飞行

犹如说出

自由的

空、无

它的由来、面目

繁复与轻浮

我如何能够

在放下笔的时候

写出永恒

而后屏息

静听

那匹马

前来的蹄声

我已写了那么多

歧途或

陌路

又如何能够

错过

一个我骑在马上
与纸上的我
再度重逢

2016. 12. 12

如初

长
风

长风

你从哪里来

告诉我你经过的雪峰

它的名字

还有拥抱我时

你携带的寒冷

出自哪方湖泊的冰凌

你的来路我一一走过

但我已不记得

雪峰与湖泊的

姓名

或者

告诉我

长风

你的咆哮里

是哪场雨前的雷电

跑进我的眼帘

是哪座高原

任你驰骋而过

哪些弯腰俯身的灌木

接受你粗粝的抚摸

告诉我

你席卷而来的呼啸里

As Before

裹挟的草木

跳荡的音符

告诉我

那最高亢也最低沉的

是谁的呼号

是哪一代歌王

站在山岗上　高歌

长风

告诉我

你的来路

让我看到你的风尘与灰烬

你途经的圣殿

让我触到

洁净的空气

火与水的纠缠

告诉我

那个背着行囊走路的人

他来自哪里

在哪一条岔道

他重又变得孤单

告诉我

那两行车辙远行的方向

如初

它们又消逝于哪片空茫

长风

或者还有一声叫喊

被粗暴的汽笛撞断

一个缓慢的手势

被疾驶向前的车轮打乱

那一张张面孔

一个个身影

来自哪里

又急忙往哪里去

他们的神色

为什么那么慌乱

告诉我

谁人葬礼上的一声长叹

与谁人怀中婴儿的呼吸

奇迹般接通

长风

长风

你见识过两棵相像的树木

你见识过大地的干涸

风土的养成

As Before

你目睹过果实最美的成熟

出自哪方土地

告诉我

在哪片天空下

爱语在耳边

丝丝缕缕

像小小的火苗

灵魂的颤栗

长风

告诉我

你的行踪之上

那些纷至沓来的故事

没有结局的开始

那升上高空的

是谁将手中的焰火点燃

告诉我

那些拔地而起的城市

闪着什么样的光泽

那些安谧的乡村

旧衣上的寂静

告诉我

那些决绝的背影

如初

掷地的话语

溅起的泥泞

告诉我

那些行人汹涌的路段

是谁催他们一再加速

又是什么蒙住了他们的

双眼

告诉我

是什么样的坚冰

覆盖了水的起源

是什么样的水

将心田的禾苗浇灌

告诉我

原野之上的雪

它们沉默了多长时间

告诉我

寒夜里这碗粥的来历

小米、大米、玉米、薏米

它们生长的地域和年份

告诉我

谁将它们收获

谁将它们熬制

又是谁将它们种植

告诉我

那手捧鲜花的少女的羞涩

告诉我

那被婴儿吮吸时为母的温存

告诉我

那执火穿越黑暗的人

如今去了哪里

长风

若你见他

请向他表达我的敬意

长风

最后

请告诉我

你漫长的履历

开始的地方

那里曾草木葳蕤

气血丰盈

正像时代的故乡

张着怀抱

却一直后退

长风

如你一样

如初

我们已无法调头
那被称作故乡的地方
是再也回不去的
地方

长风
这邮票大的地方
像一颗
小小的
心脏
长风　告诉我
它的跳动
今夜
是如何紧紧地
贴着我的
胸膛

2016. 12—2017. 1. 15

As Before

足够

一滴水就足够
只要水是洁净的

一根线就足够
只要线是韧性的

一首诗就足够
只要诗是纯情的

一个你就足够
只要你是真心的

2017.1.18

如初

谁　　　　谁高过我们的头顶
　　　　　谁的头上顶着绝望

　　　　　谁迷恋高高在上
　　　　　谁的内心匍匐前行

　　　　　谁惯于冰上走路
　　　　　谁的灵魂砸出黑洞

　　　　　谁撕破暗夜使之燃烧
　　　　　谁在时间中成为永恒

　　　　　2017.1.19

诞生

我渴望看到
诗人的
面庞
当她写下"爱"时的
神情
她的嘴角微微
上移的
弧度
引来
星辰注目
我怜惜
当她写下"苦"
脸上的
不易察觉的
愁容

我爱她轻盈的笔尖
划过纸上的
一瞬
衣袂掠过夜风
宛如寻找一个词的
艰辛
我爱她俯身的侧影

如初

爱她的受孕
笔下的诞生
一如我爱
她的诉说
爱这世上
难以表达的
爱的
疼痛

2017.1.27

As Before

淬火

我看见她小心地
把手伸入
矿井
八百米
一千米
还要更深的土层
触到硬的矿脉
直到再也走不动
黑的、沉默的
铁一样的冷光
岩石般坚硬
我看见她
小心地敲击
矿石　拣选
黑的、沉默的
闷的、铿锵的
听它们在隧道里
发出轰隆隆的
响声
我看见她捡起一块
黑的、沉默的
重的、结实的
曾经的烈焰

如初

烟火的纹理

幽闭的灵魂苍老

睡意蒙眬

我看见她手的温度

将矿石唤醒

钻木取火的耐心

点燃、还原

将烟变火

星光四射

而我最想看见的

是她如何

将火种

从地心取出

以一种洗礼的仪式

完成淬火

再将亘古的疼痛

揳成纸上的

一枚枚

铆钉

2017.2.9

纸
上

那纸上出现的

丘陵、湖泊、海洋

是谁人的建造

偌大的花园

蔷薇丛前

提着裙裾漫步的她

长椅上散落着

诗稿

那一行行字是

谁人的缔造

是谁轻握她的手

写下这一句

而不是那一句

是谁借助她的笔

在纸的荒漠上

滑翔出

绿意

谁使风吹

湖水涌动

微澜的低音

谁在聆听

而森林之中

漏下的点点阳光

如初

必定有其深意
正如纸上
忽明忽暗的
话语
它如约前来
也稍纵即逝
一如
灵光的
葳蕤葱茏

2017. 2. 13

撤
离

从吊瓶前

撤离

从哀哀无告的

老年

双氧水

医院

从轮椅

架着的拐杖

同情的

关切

斟酌的

话语间

侧身

撤离

从寒湿

从冷痛

从怒火中烧

沉郁

从断裂、混乱

和变形

从穿刺的针头

抽离的血

如初

皱的被单

影像报告

病历

从滞塞的空气

惊悚的梦魇

悲从中来的

心绪

从伪装的面具

傲慢的戾气中

抽身

撤离

从磨损的中年

中庸的字间距

平均律

报表

年度总结

从锅碗瓢盆

沉默的婚姻

争执

嫉妒心

目光的冷

言语的硬

As Before

人际关系的

紧绷

从漂泊

从妥协

从混浊

从利益

从剥落的墙皮

废弃的家具

衰败的面容

从遗忘了理想的

空地

优雅地转身

撤离

从倦怠

从怀疑

从冷漠

从麻木

从背弃

从冷嘲热讽

从旁敲侧击

从战争

从屈辱

如初

从贫穷

从不义

从哀痛

从硝烟四起

从颠沛流离

从贪婪

从嗔怒

从仇恨

从轻慢

从冷酷

从百结愁肠

从历尽沧桑

从棒喝

从暴烈

从出卖

从敷衍

从噪声

从高高挂起

从无动于衷

从监狱

从牢笼

从惧怯

从罪孽

As Before

从诉讼

从似是而非

从徒有虚名

从落寞

从无情

从迁就

从冒犯

从欺凌

从愤愤不平

从忍气吞声

从怔忡

从狰狞

从愧怍

从憎恶

从沉重

从寡义薄情

从上下钻营

撤离撤离撤离

撤离

撤离

撤离

如初

直撒到

云淡风轻

海阔天空

再退到

心意合一

齿白唇红

2017. 2. 15—2. 20

所
爱

我爱窗外小小的银杏树林
它们在浅湖中投下的单薄倒影

我爱你笑中的泪
和一小片阳光停留的脸庞

我爱蓝色沉入黑暗的次晨
天际出现的一抹曙光

我爱雪地上的两行脚印
湖面的薄冰光滑如镜

我爱那还在林中行走的人
她白色的衣裙轻抚草丛

我爱这十指环扣的秘密
它沉默的话语不止一次教我心疼

2016.8.10—2017.2.22

如初

谁　　　　如果不是你

为什么树会发芽

转绿

枯萎

直到雪盖上厚被

次年开花

结为果实

如果不是你

谁在完成这生死的轮回

四季的更替

如果不是你

如果不是你

他何以能将我辨认

再穿越迢迢星河

把我找寻

人海茫茫

如果不是你

谁在主宰这爱的永无停歇

绵延赓续

2017.2.27

抵达

那时，涛声近了
淹没尘嚣
那时我不知道它
就是无尽
在太平洋的一隅
海岬
沉静
发出邀请

那时，我们的房子
建在浅滩
窗外山川铺展
如卷轴
刚刚绘就
风景迫不及待
跃出，峰峦
起伏
静水深流

那时的你
年少，消瘦
神色冷峻
身着藏青色的衣衫

如初

埋首于一部书的
艰涩
偶尔抬头
镜中，另一个你
风华正茂
眉清目秀
如画里
江山

那时，没有方便面
也没有车马喧
春天收麦
夏季种豆
松鼠在树下怀抱坚果
瓷器在厨房闪着光泽
庭院里一切井然有序
每把椅子都有
它的主人

那时刹那与
永恒
还没有隔断
灵与肉

As Before

天与人

也不曾严格区分

那时

心有无边的广袤

星宿照耀

烈日灼烤

风的狂野

不惧浩瀚

那时，江山

无尽

涛声回环

而那时的我

也正徒步银河

为你降临

2017.2.27—2.28

省略

我只见到最
小的部分
小到小于一
比如最微弱的
火苗
最细小的
沙砾
暮春
一阵风吹过的
枝头
最小一朵樱花的
最轻微的颤栗
由此我必得省略
根须
那庞大
无边的宇宙
省略茎干
运输
工具
还有枝丫
它们的话语
太过嘈杂
不够静寂

As Before

我只听到最

静的部分

静到

伸出的手臂

将这一束微熹

从暗色中

剥离

放在噪音之上

停止思想

连时针也删去

静，再静

屏住呼吸

把花香交还给花

把我交还给你

2017.3.21

如初

后山

后山的杏花
开了
我还不能
分辨它的
五瓣
粉白
正如没有你的
这个十年
血仍奔流在
赭色的树干

推杯换盏
谈话间
后山杏花已落
这个片刻
我唯恐漏掉
和错过
那么多的春夜
流沙一般
放它过去
从手心

是的

后山
我还不能距一朵花蕊
太近
它的香气里藏有
我的灵魂

2017. 3. 25

如初

动身

我已经好多年没有
安静地看水
面对面
看水的安静
从内心到波纹
不染一尘
我已忘记了杏花
到底一朵开出几瓣
它的浅红
粉白
它的薄弱与单纯
我已经好多年品不出
茶的味道
在一座寺庙的台阶
春山独坐
为什么
以前的时光
它的本质和来源
我总是一再地
错过
还有你
这么多年
我怎么能够允许

As Before

你只在纸上出现
这场爱
像所有的神话
电影
然而
你我坐在银幕前
这么多
幢幢人影
我怎么能够忍受
自己是观众
沉浸于黑暗
而不是故事中的
主人

该动身了
后山杏花、玉兰
桃花、早樱
山楂、海棠
它们一个个开花
一次次提醒
时候不早
田园将芜
归乡的脚步
没有谁能够拦阻

317
如初

是呵

这车窗外的景色

青绿的麦苗

坚韧的花树

我已经好多年熟视无睹

我已经好多年

被关在

车窗里

一任时间退后

脸色苍白

神情肃穆

该动身了

庭院的深草已经没膝

等在我的对面

拔草

修剪

喂马

劈柴

我要过双手

沾满泥土的

生活

我要上午写诗

下午饮茶

318

As Before

再约繁星照彻

一张白纸

将家园的明天

细细描画

我要在院子里

种满玉兰、杏花

早樱、山楂

玫瑰、蔷薇

还有紫丁香、桂树

我要它们

次第开花

年年开花

大声说出我

沉默多年的

情话

该走了

动身

用左手擦去征尘

再用这只握笔的手

推开家门

2017.3.31

如初

十年

也许真的能够返回
折身至一片叶子
之中，筋脉消瘦
强韧，可以历经岁月
之长，返回悲中之喜
沉静之深
肃穆
庄严
苍穹之下
不可能有两片桃叶
面目相同

而相似性
又多少人
公认
但，也许
也许真的能够
返回，在严苛
之外，时间之外
缓慢之中，微雨
轻风，可以触碰
可以勾描，房舍
之心

As Before

于寂中之悦

领受真的

宝藏，领受极地

之上，那光的

照彻，全然

无畏，温柔地

抹去重创

2017.4.25

如初

局
部

纸上
尚未完成的句子
看不见的根须
离开了花蕊的香
爱的欣悦的
灵魂

我更爱一首诗
还未写出的部分
犹如深爱
那站在人群中一直沉默的诗人

2017.5.16

As Before

神示

我一笔一划
写下神
虔敬的心
对称
纸的温润
我一笔一划地
写下神
却被告知
要将它删去
"删掉神
但可保留死神。"
"死神可以赦免?"
"他们相信死,
但不相信神!"
"那么只有一个,
神?"
我提笔惘然
删掉神
也许是神的旨意
你执念于它
你已失去
你反复写它
正是涂改

323
如初

那么连死神也

一同删去

死神

这是我最不信的

一个

2017.6.9

As Before

箴言

爱你最爱的
也爱你最不可能爱的
爱你的亲人
也爱那把你当成敌人的人
爱你的父母
也爱别人的父母
爱爱你的人
也爱伤害你的人
爱赞誉你的
也爱毁谤你的
爱给予你的
也爱剥夺你的
爱你的孩子
也爱他人的孩子
爱生
也爱死
爱那个向你乞求的人
也爱那个背身离去的人
爱甜言蜜语
也爱喧嚣与唾弃
爱灵魂
也爱肉身
爱初放的焰火

如初

也爱尘埃里的黑暗

爱喜悦给你的

也爱苦难给你的

爱黎明

也爱夜深

爱人

爱万物

爱等了一冬开放的花

也爱终老百年枝叶落尽的枯树

2017.8

显影

我在诗中记述你

不如说是向你

飞奔

借助轻灵的雪橇

转折或隐喻

驶过语词的丛林

抚过你面庞的

我的指尖

坚持低音与

白描

哦

线条简练

耐心恒久

我已习惯站在

黑暗里

等待

如习惯

洗印室光影下的

俯首凝看

哦

轮廓硬朗

不多

不少

如初

你
一点点现身
在我笔下
因我的勾描

2018. 1. 28

As Before

少数

一直以来
我被称为
少数

只因在男人中
我是女人
在女人中
我是
诗人

或者倒过来，在男人中
我是诗人
在诗人中
我是
女人

2018.2.7

如初

爱语

这一个词
突如其来
差点就说出口
又原路折返
将这颗心
攥住

什么是我之真实
稍纵即逝
像澄澈夜空之上
那轮红月的
悬浮

这一个名字
清冷、炽热
而又
孤高
已镌刻在
一瓣樱花的
讯息里
好似我与你
不是不爱
不是不能

As Before

而是相比于

爱中之爱

我写给你的爱

还不够好

2018. 2. 10

如初

平
心

大地上本无

哀伤

灰暗是

欢乐的

背影

一朵花不会

挣扎地开放

麦苗返青

只是自性的

一种证明

万物

在场

恍若天成

我已不再感到

愤怒

恰似

这棵橡树

以狂风

印证筋骨

而遍野罂粟

不过是

人性的本来
面目

2018.3.4　北京

如初

薄雪

这一片片纸张
向枯草发出邀请
尘归尘
土归土
但为什么
你
一直在旅途

他们渴饮
这缓慢的降临
却哪里知晓
你灼烫的前身

一束闪电的
余烬

2018.3.18

仙境

她打捞海上
蓝色的碎片
将那面大的
做了镜子

她将渔网织得细密
打捞那些小的
贝壳
和碎石

一天的收成
丰厚虚幻

她打捞那些
无法捞上来的
海水

有朝一日
将它
捧到他面前

这杯水
击穿镜子
贝壳和碎石
映出他的容颜

她说：
现在
我可以爱你了

如初

我可以

爱你了吗

对面

倔强的她

黑瞳如盏

2018.3.23

微光

你指给我星星
那永恒的
布施的光
并告诉我
这个是天狼座
最亮的一颗
那个是双子座
那个，两颗星子
在头顶闪烁
还有
大熊座的
指针
倒置的木勺
是我们常说的北斗
七星指路
不，不，那个
巨蟹座太远
它灰蒙蒙地
罩在另一片
夜空的
薄雾
还有，这边
有腰带的那个

如初

三颗星
猎户座
谁的眼睛看见了
它的威武
谁的眼睛看见了
微光一样的
花束
我知道

我知道
走在路上的光明，而
我向往的也
正在发生

2018.4
2018.11.21 改定　绍兴

暗火

我听到岩石的尖叫

我看见一阵疾风在尖叫上

奔跑

我听见炭与火

密语的争辩

我触到灼热

在一片薄弱中

我看见那些四散的汉字

重又在身上慢慢

聚拢

听

你寄居的王国

谁用古老的血液

彻夜打铁

怎样的话语

如一枚闪亮的铆钉

驻扎进

这

夜的寂静

2018.5.10

如初

讯
息

细雨打湿的瓦楞
木榫的接缝
攥在手心的石子
午后湖上的波光
你树荫下的侧影
翅膀上的风

它们已为多少人
经年歌颂

不像我对你的爱
始终深藏
虽然它的讯息
也会偶尔闪现

于万物之中

2018. 6. 24

驯
鹿

他们说
那时，敲响
桦皮桶
就会有一只驯鹿
听到呼唤
跳跃前来
从雪地
森林崎岖的
深处
驯鹿总能
循着乐声
找到它想见到的
同伴

他们说
那时，寒冷
呵口气会结冰
但石蕊、问荆
和蘑菇
葳蕤茂盛
无论阿穆尔、呼玛或阿巴
还是从来叫不出名字的
河流
都能找到

如初

驯鹿脱去的
冬装

他们还说
驯鹿冬季受孕
春天产崽
迁徙途中
幼崽长大、奔跑、强壮
母亲适时告诉孩子
谁是天敌
何谓自由

那时的他们
不知兽医、疾病和猎捕
不知国际驯鹿会议
每三年召开一次
更不知他们的讲述
已声音低沉
如歌似梦
而传说中的驯鹿也已
渐行渐远
背影模糊

2018.7.30

As Before

竹林

车过杜甫墓
一车人只剩下她一人
不去看他被打捞上来的地方
她拒绝认领他的肉身
前年她去看他出生的
窑洞
人影幢幢到
空无一人
山谷的樱花困倦于
沉沉暮色
某个短讯
轰然而至
一侧是陪伴她
慢慢走着的父亲
被风吹起的白发
与一侧低伏的
芦花
相互映衬

"感时花溅泪，
恨别鸟惊心。"

千山良田与她独对

如初

于黏土中捡拾
他骨头的人
如今更爱眼前这片孤寂的
竹林

2018.9.2

造
物

睫毛　嘴唇
前额　眼睛
耳廓　眉峰
纸上的
脸庞
于想象中

在笔尖
什么是那应留下的
同时也在消弭
翅膀的划痕
蝉羽的颤动
广玉兰彻骨的香
水的波光
一瞥
惊鸿

2018.11.28 改定　博鳌

如初

流言

你永远不知道

关于你自己的

流言

所以不必

打探

也无须在意

坊间

口口相传

这流弊

由来已久

可视作一种文化

遗传

仿真年代

欺、瞒、骗

曾经行世

一过眼

伪饰、劣币、谎言

痴心、癫狂、迷乱

推杯换盏

一场流言

如一次流感

终会

终结于

As Before

另一场流言

假的面具

真的扮演

脚步紊乱

台上锣鼓喧天

幕后揽镜自照

几千年　你是观众

沉浸剧情

旁若无人

也曾是剧中人

撕心裂肺

博人一粲

2019.2.1

如初

照
耀

从来都有

真正的照耀

再一次从睡梦中

我醒来

这一颗星子

窗子里的国度

向海的卧室

画框中心

钉于幕布的

永恒的

蓝

萤火的

光

晨昏的界限

砂

打磨至细

小而透明的身体

灯盏

怀揣着你

我仍在这个尘世

穿越风雪

As Before

因婴儿的赤诚
暴雨再次
再次为我
侧身

2019.2.26　北京

如初

海誓

我深知你
在更小的事物中
休憩
一粒砂石
一滴水
甚至更小
小于一

我深知
你在更深的存在里
隐居
一颗星子
一片海
甚至更深
深到无穷

是呵
我深知
日出的复现
创生的
电闪
多少次
我妄想握住你

爱　就多少次
灼伤
手心

山海，我深知你的
秘密
正如我深知
你的不渝

我深知
我深知呵
你们如何
再将我今生
孕育

山，张开双臂的父亲
海，低下身躯的母亲

2019.4.22

如初

寺中

我还记得
秋天的寺庙
落了一地的红叶
经幢旁
他们留影
我站在空寂的
台阶上
听不知哪里响起的
吟诵

立得久了
脚生了根
渐渐明了
落叶的英勇

经幢间
他们挤挤撞撞
我独寻
吟诵的来处

一路陪着我的
她的声音
自满车厢的轰鸣

As Before

发出尖锐的寂静

十年后的今日
我还是
遗失了她
只记得寺中
叶落
秋天周而复始
美的事物
的确长久
却又总在
丢失
正如美本身
独一无二
却又总会
被人窃取

以各种之名

2019.9.9　郑州

如初

逸出

弱的眼神
小的心脏
重的思想
盛满问询的头颅
习惯了
在布满岩石的路上
从容漫步
自由
或是别名
一种称为人的动物
把这逡巡唤作
流浪

就认从这种界定
于我而言
也许
流浪者
没有比之更恰当的
形容

狮子的雄心
老虎的黄金
豹的胆量

As Before

如今

薄冰之上

小心而细致地

求证

我掂量

以一个质疑者的面目

篡改

令磨损的本真

——恢复

渐次苏醒

大地为纸

铺开长卷

这一行爪印

钉子一般

落笔不改

这一行诗

是雄文的

起步

2019.9.17　上海

如初

未
知

是否该承认自己的无知
荠菜　苨菜　灰菜
借助图片才能分辨
相似的还有
草莓、黑莓、树莓之同种
白蒿、芦蒿、茼蒿之区分
精神、欲望可以言明
理想思想
却不能一句了断
奥妙与交错
黑、白、黄、棕
世界已驳杂
至此
野菜与野草之间
锯齿的形状
颜色的深浅
季节、地势
词语的无力
表达的遗憾
巴别塔是谁
令其重建
未知的一切
藏在那层薄纸的背面

2020.4.5

记
取

那个把星光取给我的人
我怎么可以忘记

那个把海水担给我的人
我怎么可以忘记

那个用火把照亮我的人
我怎么可以忘记

那个将真心交给我的人
我怎么可以忘记

2020.4.10

如初

耐
力

我有足够的耐力

把一根丝线穿进针鼻

我有足够的耐力

看流水为青草梳理长发

我有足够的耐力

坐在一株蒲公英前

看它长大、慢慢开花

我有足够的耐力

数天上繁星

直到　第一缕晨光

亲吻我的额发

你来不来

和我一起

避开聒噪

只带耳朵

听

世界正在悄悄地

变化

2020.4.14

As Before

听觉

我要在一堆公文中
找到鸟的叫声
文字的连篇累牍
也无法掩盖它的啼鸣
但究竟是喜鹊还是
一只杜鹃
仍需悉心分辨
接下来的字里行间
我要找山楂或是芍药
它们盛开的容颜
那原本的面貌
早避开了人的目光
或者是他的
视而不见
让我一定要把
它们找到
白色、浅红
来指引我吧
以你的明灭
如星
现于黑夜

现于你明眸一瞥

万籁俱寂

现于隐身和时间

暗藏的陷阱

我听到了鸟的叫声

在成吨的纸张还原后的

一小片丛林中

2020.5.16　北京

As Before

放生

我曾试图描述

松柏的香

樱桃的味道

布谷早晨的鸣叫

你一瞥的心会

微微含笑

我为什么要用语言

将已发生的

再说一遍

我为什么试图将其禁锢

将之锁进

笔画的牢笼

是为爱之留存

还是为了将之据为己有

爱

难道不是全然的放手

不羁的自由

2020.5.20　北京

如初

明
白

我对这世界懂得的
还不如
对这世界的道理
懂得更多
我叫不出对面
这棵树的名字
果实　它的种子
来自哪里
却知道的是一些
不值得知道的东西

我其实还不如
桃树旁边的桂树
更了解桃树
我只知摘下它的叶子
夹进书里
而它孕育、开花的秘密
我知道的并不比
一株桂树
更多

我知晓太多的道理
而关于一株桃树的

As Before

花期

我又何曾知道

如果不是桂树

轻声　俯身

向我

低语

2020.10.15　北京蔓兰酒店 205

如初

独居

石榴、苹果
来自澳洲的柑子
红的、绿的
和橘色的
我再数一遍
如今
我和你们唇齿
相依
但这依存如此脆弱
抵不住
一次次的
咀嚼与吞噬

中午的汤还未熬好
匈牙利牛肉汤
已是奢侈

我从一个房间
踱到另外一个
反复丈量
卫生间　卧室
书房间的
距离

As Before

是的

你们各自有事

远行

或者独居

只余我日夜看着

逝水　和

镜中的

自己

2020.10.20　北京蔓兰酒店 205

如初

知
道

是的
我们貌似知道很多
善良　朴素
伪装　虚荣
还有真理
我们知道我们创造的
词语
指鹿为马　或
点石成金

我们知道
千年　百年
倏然而过
积淀　传递
承继
白驹过隙
但我们真的知道
忽然　刹那
或者
瞬间的含义

我们知道
水落石出

As Before

尘埃落定

是的

我们还约略知道

得寸进尺

一意孤行

但我们却无知于

一朵花开的时分

一只蜜蜂的

行踪

2020.10.21　北京蔓兰酒店 205

如初

台
地

你真的喜欢
加入他们的队伍
与他们站在一起
真是你的原意
你确定你真的不是
向往与他们
背道而驰
而与那些麋鹿、驯鹿
羚羊、獐子、雪豹
为伍
这些你曾经的朋友
你真正的面目
你确定你真的能够
做到与他们分离

一双马的眼睛
那是你的
驯服同时不羁
你见识过它的痛苦
你品尝泪滴
并曾在那洼水泊中
照见过自己

As Before

击碎的镜子

急促的马蹄

还有什么是你的在意

不是

你不是他

你是一匹马

万山无阻

走到这里

台地

平阔

却如危崖

你真的确定

自己可以

纵身一跃

回归山林

在他们找寻与奔赴之前

在他们阻挠与劝说的词汇里

你真的可以确定

自这台地

出发

并有一个最初的秘境

可以接纳

如初

而且最终

抵达

2021. 7. 24—2022. 5. 4

As Before

松针

站在辽阔的
原野之上
我想起那个
热爱在诗中描绘
松针的人

暴雪将至
地上松针铺满
疼痛　间有
松果　上帝
完美的杰作
层叠均匀
对称而又温和
它们是否也在
等待　那个
把它们写入
诗中的
少年

自然的律动
赭色的回环
松果　完美的
杰作　上帝

如初

谁的手将它造就
一只松鼠
跳跃前来
目光如炬　如豆
我俯身而坐
臣服于这万籁
音符的组合

寂　静
一颗松果
停在我和松鼠之间
我们同时听到
松针的低音
但什么在簌簌下落
在写松针的诗人
还未抵达的
这一小块
时间

2021.12.8　G1575 北京至平顶山途中

尽头

躺在高铁上
好像躺在大地上
被什么运走
运向哪里
哪里又是这趟车的尽头

我不知道
我也不想知道

马上就到那个海滨
临海的高楼
369 米
我要在云上读诗
给海中的母亲
她听到没有

我不知道
我也不想知道

我的身体里
还装着一个我
她不穿西装
也不穿旗袍

如初

她热爱赤身起舞

并且在冷风中奔跑

她究竟要跑向何处

我不知道

我也不想知道

2022.1.1　G205 北京至青岛途中

答疑

海边漫步时
停下来
片刻
你问我"什么是
未来"
风吹着木桌上的台布
灯火在玻璃罩中
闪烁
我说:"不可见"
"无尽藏"

迎着你的疑问
我听到话语的声响
断续于
眼前的海浪
"不可见"如这波澜
孤寂、连绵
你何曾知道
下一页藏在
什么地方
"无尽藏"如这浩瀚
冰凉、温柔
覆盖于月色之下

如初

谁能告诉我　这一片粼光

哪里是它的尽头

其中艰涩与甜蜜

你何曾知晓

如果不是

——不是你自己亲口品尝

2022.3.27

As Before

如
初

大地一如丝帛

那时　海平如镜

那时　你尚未出生

喜马拉雅的骨骼

渐次成型

那时还没有火　岩浆

奔腾　未来

正于抵达的途中

2022.3.29　北京

母亲

那一夜我们围坐一起
有人提议讲讲我们的母亲

一人沉吟：我是用土豆养大的
母亲捡拾的半筐土豆
日复一日，我长成今天
而她的今天却和土豆埋在了一起

一人平静地诉说老房子的故事
窗棂的木框已经变形
四壁的白，简易的桌椅
沙发上坐着的母亲手里拿着一只苹果
脸庞苹果一样的光泽跟随了她多年

一人沙哑地开始，拿出一帧照片
"母亲留给我的，我无从一见的外公"
那天是他的忌日，她指着上面清俊的
男子：
"这是你的外公，也许你应记住他"
"为了你今天的日子，他最爱的女儿曾
经将他背叛"

一人始终不语，沉默的她想起童年

As Before

趴在窗台等候母亲身影的出现
她担心母亲某天会从街角突然消失
恐惧与祈祷交叠，她慢慢变成了一个孩子的母亲

那一夜我们坐在炉边，静守火焰
母亲也许来过，也许刚刚从我们对面起身

2022.4.8 晚

如初

山中

又是群星密语的时刻

月亮已在山外出现

谁在召唤

要我随她一起出山

就这样走上一夜吧

月光灼照

道路蜿蜒

游走的云像友人一样与我相挽

要一起回来吗

一起回来

你的呼吸里有新松的气息吗

除了它我拿什么与你交换

这个春天

早晨所有的花沾满了露水

不，不，怎可能是它们

打湿衣袂

难道不是我一路走

一路弥漫的香气

自暮春之深

更自灵魂之深

2022.4.17

As Before

新松

给我一首关于你的诗
松针　松花　松果或者
还有松蕊　松脂
被烤着的、烧着的
灼热的绿

或者不曾吐口
哪一句诗奔赴在到来的路上
尘土飞扬
面目沧桑
只剩下挺直的躯干
无惧风的咆哮
雾的浸淫
狮的叫喊

已没有什么可以失去
这皮　干枯　褶皱
上面写满雷电
什么来过　什么飞驰
你不曾给我的那首诗
空而苍茫
如一柄倒竖的剑
立于大地

如初

寒光彻骨

谁人的手能够握住

那不过一柱冰

终会化水

回到起点　再度点燃

生出灼热的绿

被烤着的、烧着的

还有松蕊　松脂

松果　松花　松针或者

给我一首关于你的诗

新松

自这结束了的

自这诞生了的

2022.7.10　北京

As Before

花园

神的足尖

站在草叶上

我找不到比这更轻的

词汇

沿途的玫瑰

单瓣

秋天又开了一茬

月满之后

是的　你已不在这条路上

而我　仍在爱着

不为人知

仿佛宇宙间的一个秘密

正如我找不到

比玫瑰更丰美的话语

它们组合的那句

你再不可能看到

是的　我仍在爱

坚定不移

而前方　风过处

神的足尖

立于草叶之上

暮色的光将一片叶子

点亮　长久地

如初

我们对视　这情景
仿佛我诗中的句子
但究竟是哪一句
我真的已经
忘记

2022.7.14　北京

As Before

岁暮

可以疗疾的你
可以祛病的你
我怎么可以将你
一针针采下
投入杯中
再用沸水冲泡
眼见你针针竖立
想一想我就心疼
如针刺痛

但人类不一直如此
做着护佑自己的事
其中包含对你以及其他物种的
占有、攫取
乃至损伤　收藏
难道我不也是他们中的一员
在欣赏了你的英姿之后
仍要将你的生命化为
杯中之物
这水沸腾　是否烫伤了
你对世界的信任
或者，是谁将伤害命名为
牺牲

如初

是谁将另一种给出

以优雅的笔触掩盖创痛

是谁如我捧起这杯绿意

在夸大其词中隐忍不语

你明白么

这山丘之上

站立经年的岁暮

我该如何饮尽如此苦的山色

正如某日黄昏

如此苦的山色会将另一人

包围

以拥抱的形式

叠藏　隐身

将他裹挟进

夜的宁静之中

2022.7.31

As Before

红
茶

不一直生活
在诗里

小儿的笑
啼哭
和你的
颔首

不一直活在
诗里

门外的喧
脚步
匆匆或是
迟疑
推门的人
一脸错愕
呵呵
我是找……

不一直在
诗里

如初

你的来电
朗朗的
语句
将电话的两端
动摇

不一直是
诗

午后光影
椅子　文字
悄然端立
沉默地走

不一直是

白发暗生
红茶在手
且待我慢慢饮尽
你给我
一生的
温柔

388

As Before